36, Quai des Orfèvres
Hauptquartier der
Pariser Kriminalpolizei
GARE DE L'EST
HÔTEL FRANTOUR
MUSÉE DE L'AFFICHE
Folies Bergère
St EUGÈNE
Sq. Montholon
N.D. DE LORETTE
SYNAGOGUE
HÔTEL DES VENTES
HÔTEL AMBASSADOR
HÔTEL COMMODORE
MAIRIE DU 9e
Musée Grévin
Th. des Nouveautés
Th. des Variétés
OPERA STUDIO
BOURSE
BIBLIOTH. NAT.
N.D. DES VICTOIRES
MAIRIE DU 2e
Th. Palais Royal
PALAIS ROYAL
BANQUE DE FRANCE
HÔT. DES POSTES
St EUSTACHE
BOURSE DU COMMERCE
FORUM DES HALLES
St LEU
St NICOLAS DES CHAMPS
LYCÉE TURGOT
St ELISABETH
MAIRIE DU 3e
HÔTEL HOLIDAY INN
MIN. DE LA CULTURE
LOUVRE DES ANTIQUAIRES
MINIST. DES FINANCES
ORATOIRE
MUSÉE DES ARTS DÉCORATIFS
MAIRIE DU 1er
MUSÉE DES ARTS DE LA MODE
Samaritaine
St GERMAIN L'AUXERR
CENTRE G. POMPIDOU
St MERRI
MUSÉE DE LA CHASSE
St JEAN St FRANÇOIS
ARCHIVES NATION.
MUSÉE PICASSO
EGL. DES BLANCS MANTEAUX
St DENIS DU St SACREMENT
TEMPLE DES BILLETTES
MUSÉE CARNAVALET
TH. MUSICAL DE PARIS
TOUR St JACQUES
TH. DE LA VILLE
Bazar de l'Hôtel-de-Ville
HOTEL DE VILLE
MAIRIE DU 4e
PL. DES VOSGES
MUSÉE VICTOR HUGO
INSTITUT DE FRANCE
Sq. du Vert-Galant
PONT NEUF
Ste CHAPELLE
TRIB. DE COMMERCE
HÔTEL DIEU
HOTEL DES MONNAIES
PALAIS DE JUSTICE
PRÉFECT. DE POLICE
NOTRE-DAME
St GERVAIS
MÉMORIAL DU MARTYR JUIF INCONNU
HÔTEL D'AUMONT
St PAUL
LYCÉE CHARLEMAGNE
CITÉ DES ARTS
HÔTEL DE SENS
TEMPLE Ste MARIE
ÎLE DE LA CITÉ
ÎLE ST LOUIS
St SEVERIN
St JULIEN LE PAUVRE
Mémor. de la Déportation
St LOUIS EN L'ÎLE
FACULTÉ DE MÉDECINE
MUSÉE DE CLUNY
ÉCOLE PRATIQUE
THÉÂTRE DE FRANCE (ODÉON)
LYCÉE St LOUIS
SÉNAT
SORBONNE
COLLÈGE DE FRANCE
LYCÉE LOUIS LE GRAND
St NICOLAS DU CHARDONNERET
MUTUALITÉ
INSTITUT DU MONDE ARABE
BIBLIOTH. DE L'ARSENAL
CASERNE
PRÉFECT. DE PARIS
UNIV. PARIS VI PARIS VII P. et M. CURIE
FAC. DE DROIT
St ÉTIENNE DU MONT
ÉCOLE POLYTECHNIQUE
MAIRIE DU 5e
PANTHÉON
INST. PHYSICO CHIM.
LYCÉE HENRI IV
ARÈNES DE LUTÈCE
ÉCOLE DES MINES
St JACQUES DU Ht PAS
INST. NAT. DES SOURDS-MUETS
INST. OCÉAN
Ménagerie
JARDIN DES PLANTES
MOSQUÉE DE PARIS
MUSEUM D'HISTOIRE NATURELLE
GARE D'AUSTERLITZ
ÉCOLE NORMALE SUPÉRIEURE
CENTRE SARRAILH
HÔPITAL DU VAL DE GRÂCE
INST. AGRONOMIQUE
St MÉDARD
UNIVER. PARIS
St MARCEL
HÔPITAL DE LA PITIÉ
HÔP. DE LA SALPÊTRIÈRE
LUXEMBOURG
CANAL St MARTIN
BOULEVARD St MICHEL
BOULEVARD SAINT GERMAIN
RUE DE RIVOLI
BOULEVARD DE SÉBASTOPOL
BOULEVARD BEAUMARCHAIS
BOULEVARD BOURDON
PORT DE PLAISANCE DE PARIS
PONT D'AUSTERLITZ
PONT DE SULLY

W0244538

Diogenes Taschenbuch 23806

Georges Simenon
Sämtliche Maigret-Romane in 75 Bänden
in chronologischer Reihenfolge
und in revidierten Übersetzungen

Band 6

Georges Simenon

Maigret und der gelbe Hund

Roman

Aus dem Französischen von Raymond Regh

Diogenes

Titel der Originalausgabe:
›Le chien jaune‹
Copyright © 1931 by
Georges Simenon Limited, a Chorion company
Alle Rechte vorbehalten
Die deutsche Erstausgabe erschien 1958
Die vorliegende Übersetzung
erschien erstmals 1979 im Diogenes Verlag
und wurde 1999 für eine Neuausgabe überarbeitet
Vorsatz (Pariskarte):
Copyright © 1959 Blondel La Rougery,
Edit. Imp., Rosny-sous-Bois (Frankreich)
Nachsatz (Frankreichkarte):
Copyright © 1992 Blondel La Rougery,
Edit. Imp., Rosny-sous-Bois (Frankreich)
Umschlagfoto: Sabine Weiss,
›Homme dans le brouillard‹, 1951
Copyright © Agence Rapho/
Dukas

Veröffentlicht als Diogenes Taschenbuch, 2008
Alle deutschen Rechte vorbehalten
Copyright © 1979, 1999, 2008
Diogenes Verlag AG Zürich
www.diogenes.ch
20/10/44/4
ISBN 978 3 257 23806 8

Inhalt

1

Der herrenlose Hund

Freitag, 7. November. Concarneau ist wie ausgestorben. Auf der beleuchteten Turmuhr der Altstadt, die über den Festungsmauern zu sehen ist, ist es fünf vor elf.

Die Flut hat ihren Höhepunkt erreicht, und ein Sturm aus Südwest lässt die Kähne im Hafen aneinanderstoßen. Der Wind fegt durch die Straßen, wo man zuweilen Papierfetzen über den Boden huschen sieht.

Kein einziges Licht auf dem Quai de l'Aiguillon. Alles ist geschlossen. Alles schläft. Nur aus den drei Fenstern des Hôtel de l'Amiral, an der Ecke, die der Platz mit dem Quai bildet, dringt noch Licht.

Obschon die Fensterläden nicht geschlossen sind, lassen sich hinter den grünlichen Scheiben Silhouetten nur gerade noch erahnen. Und der wachhabende Zöllner, der kaum hundert Meter weiter weg in seinem Schilderhäuschen hockt, beneidet die Leute, die noch zu so später Stunde im Café sitzen.

Ihm gegenüber im Hafenbecken liegt ein Küstenfahrer vor Anker, der am Nachmittag hier Zuflucht gesucht hat. Kein Mensch auf der Brücke. Die Taurollen knarren, und ein schlecht eingerefftes Klüversegel klatscht im Wind. Dann das ständige Tosen der Brandung, ein Klicken der Turmuhr, die elf schlagen wird.

Die Tür des Hôtel de l'Amiral öffnet sich. Es erscheint ein junger Mann, der noch eine Weile durch den Türspalt hindurch mit den Leuten im Innern redet. Der Sturm packt ihn, lässt die Schöße seines Mantels flattern, reißt ihm seine Melone vom Kopf, die er gerade noch zur rechten Zeit erhascht und beim Gehen auf dem Kopf festhält.

Selbst von weitem merkt man, dass er einen Schwips hat, unsicher auf den Beinen ist und vor sich hin trällert. Die Blicke des Zöllners folgen ihm, und er lächelt, als der Mann den Versuch unternimmt, sich eine Zigarre anzuzünden. Denn es beginnt ein komischer Kampf zwischen dem Betrunkenen, seinem Mantel, den ihm der Wind entreißen will, und seinem Hut, der den Bürgersteig entlang das Weite sucht. Zehn Streichhölzer gehen aus.

Da bemerkt der Mann mit der Melone einen Eingang mit zwei Stufen, sucht dort Schutz, beugt sich nach vorn. Ein Licht zuckt auf, nur kurz. Der Raucher taumelt, klammert sich am Türknauf fest.

Hat da der Zöllner nicht ein Geräusch gehört, das mit dem Sturm nichts zu tun hat? Er ist sich nicht ganz sicher. Zuerst lacht er, wie er sieht, dass der Nachtschwärmer das Gleichgewicht verliert und ein paar Schritte nach hinten macht, in einer derart gekrümmten Stellung, dass es geradezu unglaublich ist.

Er stürzt am Rand des Bürgersteigs zu Boden, den Kopf im Schlamm der Gosse. Der Zöllner schlägt die Arme um den Leib, um sich aufzuwärmen, und blickt verstimmt zum Klüversegel, dessen Klatschen ihm auf die Nerven geht.

Eine Minute, zwei Minuten verstreichen. Wieder ein Blick hinüber zu dem Betrunkenen, der sich nicht gerührt hat. Stattdessen ist nun aus dem Nichts ein Hund aufgetaucht, der ihn beschnuppert.

»Erst in diesem Augenblick habe ich das Gefühl gehabt, dass irgendetwas passiert ist!«, wird der Zöllner im Verlauf der Ermittlungen aussagen.

Das Hin und Her, das dieser Szene folgt, ist in strenger chronologischer Reihenfolge schon schwieriger zu schildern. Der Zöllner geht auf den daliegenden Mann zu, ein wenig beunruhigt durch die Anwesenheit des Hundes, eines kräftigen, gelben, bissigen Tieres. Eine Gaslaterne steht acht Meter weiter weg. Zunächst stellt der Beamte nichts Ungewöhnliches fest. Dann bemerkt er ein Loch im Mantel des Betrunkenen, und aus diesem Loch quillt eine dickliche Flüssigkeit.

Nun läuft er zum Hôtel de l'Amiral. Das Café ist so gut wie leer. Mit dem Ellbogen auf die Kasse gestützt, ein Serviermädchen. An einem Marmortisch rauchen zwei Männer ihre Zigarren zu Ende, nach hinten gelehnt, die Beine ausgestreckt.

»Schnell! ... Ein Verbrechen ... Ich weiß nicht ...«

Der Zöllner dreht sich um. Der gelbe Hund ist unmittelbar nach ihm hereingekommen und hat sich zu Füßen des Serviermädchens niedergelegt.

Unschlüssigkeit, eine unbestimmte Angst liegt in der Luft.

»Ihr Freund, der gerade gegangen ist ...«

Wenige Augenblicke später beugen sie sich zu dritt über den Körper, der sich nicht von der Stelle gerührt hat. Bis zum Rathaus, wo sich die Polizeiwache befindet, ist es nur ein Katzensprung. Der Zöllner bewegt sich lieber. Er eilt dorthin, außer Atem, danach läutet er bei einem Arzt Sturm.

Und ohne diesen Anblick verdrängen zu können, wiederholt er:

»Er ist nach hinten getaumelt wie ein Betrunkener, und er hat so mindestens drei Schritte getan…«

Fünf Männer… sechs… sieben… Und Fenster, die sich da und dort auftun, Geraune…

Der Arzt, im Schlamm kniend, verkündet:

»Eine Kugel aus nächster Nähe direkt in den Bauch… Man muss sofort operieren… Jemand soll das Krankenhaus anrufen…«

Alle haben den Verletzten erkannt, Monsieur Mostaguen, der größte Weinhändler von Concarneau, ein gemütlicher Dicker, der nur Freunde hat.

Die beiden Polizisten in Uniform – einer hat sein Käppi nicht auftreiben können – wissen nicht, wo sie mit ihren Ermittlungen beginnen sollen.

Jemand sagt etwas, Monsieur Le Pommeret, dem man wegen seines Benehmens und seines Tonfalls auf den ersten Blick ansieht, dass er zu den Notabeln gehört.

»Wir haben gemeinsam Karten gespielt, im Café des Hotels, mit Servières und Doktor Michoux… Der Doktor ist als Erster gegangen, vor einer halben Stunde… Mostaguen hat uns aus Angst vor seiner Frau um Punkt elf Uhr verlassen…«

Ein tragikomischer Zwischenfall. Alle hören Monsieur Le Pommeret zu. Man vergisst den Verletzten. Und da öffnet dieser die Augen, versucht aufzustehen, und mit Verwunderung in der Stimme, die so sanft und zart ist, dass das

Serviermädchen in ein nervöses Lachen ausbricht, murmelt er:

»Was ist denn?«

Doch ein Krampf schüttelt ihn. Seine Lippen beben. Die Gesichtsmuskeln ziehen sich zusammen, während der Arzt seine Spritze für eine Injektion vorbereitet.

Der gelbe Hund läuft den Leuten zwischen den Beinen herum. Jemand wundert sich.

»Kennen Sie dieses Tier?«

»Noch nie gesehen…«

»Bestimmt ein Hund von einem Schiff…«

In der dramatischen Atmosphäre hat dieser Hund etwas Beunruhigendes. Vielleicht wegen seiner Farbe? Ein schmutziges Gelb. Es ist ein mageres Tier mit hohen Läufen, und sein dicker Kopf erinnert gleichermaßen an einen Hofhund und an eine Dogge.

Fünf Meter von der Gruppe entfernt vernehmen die Polizisten den Zöllner, der einziger Zeuge des Vorfalls ist.

Man schaut auf den Eingang mit den zwei Stufen. Es handelt sich um den Eingang eines großen Bürgerhauses, dessen Fensterläden geschlossen sind. Rechts von der Tür kündigt eine notarielle Bekanntmachung die öffentliche Versteigerung des Gebäudes für den 18. November an:

Preisansatz 80 000 Franc

Ein Polizeisergeant müht sich eine Weile vergeblich damit ab, das Schloss zu sprengen, und schließlich gelingt es dem Chef der benachbarten Autowerkstatt, es mit Hilfe eines Schraubenziehers aufzubekommen.

Der Krankenwagen trifft ein. Monsieur Mostaguen wird auf eine Tragbahre gehievt. Den Schaulustigen bleibt nichts weiter mehr übrig, als sich das leerstehende Haus anzusehen.

Seit einem Jahr wird es nicht mehr bewohnt. Im Flur herrscht ein penetranter Geruch nach Staub und Tabak. Der Strahl einer Taschenlampe fällt auf Zigarettenasche und Spuren von Schlamm auf den Bodenfliesen, was beweist, dass jemand ziemlich lange hinter der Tür auf der Lauer gelegen hat.

Ein Mann, bloß mit einem Mantel über seinem Schlafanzug, sagt zu seiner Frau:

»Komm! Es gibt nichts mehr zu sehen… Den Rest erfahren wir morgen aus der Zeitung… Monsieur Servières ist da…«

Servières ist ein kleiner, rundlicher Herr in einem graubeigen Überzieher, der sich mit Monsieur Le Pommeret im Hôtel de l'Amiral befand. Er ist Redakteur beim *Phare de Brest*, wo er unter anderem jeden Sonntag eine humoristische Glosse veröffentlicht. Er macht sich Notizen, gibt den beiden Polizisten Hinweise, wenn nicht gar Befehle.

Die Türen, die zum Flur hinaus liegen, sind abgesperrt. Jene am Ende des Flurs, die zu einem Garten führt, ist offen. Der Garten ist von einer Mauer umschlossen, die nicht einmal einen Meter fünfzig hoch ist. Ein Gässchen auf der anderen Seite der Mauer mündet auf den Quai de l'Aiguillon.

»Der Mörder ist da hinüber!«, verkündet Servières.

Am anderen Morgen rekonstruierte Maigret den Gang der Ereignisse, so gut es ging.

Seit einem Monat war er zur mobilen Brigade von Rennes beordert, wo bestimmte Abteilungen neu zu organisieren waren. Er hatte einen Telefonanruf des beunruhigten Bürgermeisters von Concarneau erhalten.

Und in Begleitung von Leroy, einem Inspektor, mit dem er noch nie zusammengearbeitet hatte, war er in diese Stadt gekommen.

Der Sturm hatte sich nicht gelegt. Manche Böen ließen dicke Wolken über der Stadt zerplatzen und in eisigem Regen niedergehen. Kein einziges Schiff lief aus, und es wurde von einem Dampfer erzählt, der draußen bei den Glénan-Inseln in Seenot war.

Maigret stieg natürlich im Hôtel de l'Amiral ab, dem besten der Stadt. Es war fünf Uhr nachmittags, und die Nacht war schon hereingebrochen, als er das Café betrat, einen langgestreckten, ziemlich düsteren Raum mit grauem Fußboden, auf dem Sägemehl verstreut war, und mit Marmortischen, die durch die grünen Fensterscheiben noch trüber wirkten.

Mehrere Tische waren besetzt. Auf den ersten Blick jedoch erkannte man jenen der Stammkundschaft, seriöser Gäste, deren Gespräch die Übrigen mitzuhören versuchten.

Nun erhob sich jemand an diesem Tisch, ein Mann mit pausbäckigem Gesicht, Kulleraugen und einem Lächeln auf den Lippen.

»Kommissar Maigret? Der Bürgermeister, ein guter Freund von mir, hat mir Ihr Kommen angekündigt. Ich habe schon oft von Ihnen gehört... Erlauben Sie, dass ich mich vorstelle... Jean Servières... äh... Sie sind aus Paris, nicht wahr?... Ich auch! Ich war lange Zeit Direktor des

Cabarets Vache-Rousse auf dem Montmartre. Ich war Mitarbeiter beim *Petit Parisien,* beim *Excelsior* und bei *La Dépêche.* Einen Ihrer Vorgesetzten habe ich gut gekannt, den guten Bertrand, der letztes Jahr in Pension gegangen ist, um sich im Departement Nièvre aufs Land zurückzuziehen. Auch ich habe es so gemacht! Ich habe mich sozusagen aus dem öffentlichen Leben zurückgezogen. Aus reinem Vergnügen arbeite ich beim *Phare de Brest* mit...«

Er tänzelte und gestikulierte.

»Kommen Sie doch, damit ich Ihnen unsere Runde vorstellen kann... Das letzte Fleckchen für lustige Burschen aus Concarneau... Das ist Le Pommeret, der unverbesserliche Schürzenjäger, Rentner von Beruf und Vizekonsul von Dänemark...«

Der Mann, der aufstand und die Hand ausstreckte, war gekleidet wie ein Landjunker: karierte Reiterhosen, eng anliegende Gamaschen ohne auch nur einen Schlammspritzer, Vorhemd mit Krawatte aus weißem Pikee. Er hatte einen hübschen silbrigen Schnurrbart, sorgfältig geglättetes Haar, eine helle Gesichtsfarbe und vom Kupferausschlag rot gezeichnete Wangen.

»Sehr erfreut, Kommissar...«

Und Jean Servières fuhr fort:

»Doktor Michoux... Sohn des ehemaligen Abgeordneten... Arzt ist er übrigens nur auf dem Papier, denn er hat noch nie praktiziert. Sie werden sehen, er wird Ihnen zu guter Letzt noch Land verkaufen. Ihm gehören die schönsten Grundstücksparzellen von Concarneau und vielleicht sogar der Bretagne...«

Eine kalte Hand. Ein Gesicht, schmal wie ein Messer,

mit schiefer Nase. Rotes, schon spärliches Haar, obwohl der Doktor noch nicht fünfunddreißig war.

»Was trinken Sie?«

Währenddessen hatte sich Inspektor Leroy zum Rathaus und zur Gendarmerie begeben, um Erkundigungen einzuziehen.

Die Atmosphäre des Cafés hatte etwas Graues, Trübes, ohne dass es möglich gewesen wäre, genau zu bestimmen, was. Durch eine offene Tür hindurch war der Speisesaal zu sehen, wo Serviererinnen in bretonischer Tracht die Tische für das Abendessen deckten.

Maigrets Blick fiel auf einen gelben Hund, der am Fuß der Kasse lag. Er blickte auf und sah einen schwarzen Rock, eine weiße Schürze, ein Gesicht ohne jeden Liebreiz, das dennoch so anziehend war, dass er es während des Gesprächs, das nun folgte, fortwährend betrachtete.

Und jedes Mal, wenn er den Kopf abwandte, starrte ihn das Serviermädchen mit fieberndem Blick an.

»Wenn der arme Mostaguen, der, abgesehen davon, dass er eine Heidenangst vor seiner Frau hat, der beste Kerl auf der Welt ist, nicht um ein Haar hätte dran glauben müssen, so würde ich schwören, dass es sich um einen üblen Scherz handelt…«

Es war Servières, der sprach. Le Pommeret rief:

»Emma!«

Das Serviermädchen trat näher.

»Nun? Was nehmen Sie?«

Auf dem Tisch standen leere Biergläser.

»Es ist Zeit für einen Aperitif!«, bemerkte der Journalist.

»Anders gesagt, Zeit für einen Pernod … Pernod, Emma … Einverstanden, Kommissar?«

Mit versunkener Miene betrachtete Doktor Michoux seinen Manschettenknopf.

»Wer hätte voraussehen können, dass Mostaguen auf der Schwelle haltmachen würde, um sich eine Zigarre anzuzünden?«, fuhr Servières mit sonorer Stimme fort. »Niemand, oder? Und Le Pommeret und ich wohnen auf der anderen Seite der Stadt! An dem Haus kommen wir überhaupt nicht vorbei! Zu dieser Zeit gehen nur noch wir drei durch die Straßen … Mostaguen hat keine Feinde … Er ist eine gute Haut … Ein Bursche, dessen ganzer Ehrgeiz darauf gerichtet ist, eines Tages den Orden der Ehrenlegion zu bekommen …«

»Ist die Operation geglückt?«

»Er wird davonkommen. Das Kurioseste ist, dass seine Frau ihm im Krankenhaus eine Szene gemacht hat, da sie nämlich überzeugt ist, dass es sich um eine Liebesaffäre handelt! Können Sie sich das vorstellen? Der Ärmste hätte es nicht einmal gewagt, seine Sekretärin anzufassen, aus Furcht vor Komplikationen!«

»Einen Doppelten!«, sagte Le Pommeret zu dem Serviermädchen, das den dem Absinth nachgeahmten Pernod einschenkte. »Bring uns Eis, Emma.«

Gäste gingen hinaus, denn es war Zeit zum Abendessen. Ein Windstoß fuhr durch die offene Tür herein und hob die Tischtuchenden im Speisesaal.

»Sie müssen den Bericht lesen, den ich darüber geschrieben und in dem ich meiner Meinung nach alle Hypothesen geprüft habe. Eine einzige ist plausibel: nämlich, dass wir es mit einem Wahnsinnigen zu tun haben... Allerdings wüssten wir, die wir die ganze Stadt kennen, nicht, wer den Verstand verloren haben könnte... Wir sind jeden Abend hier. Hin und wieder spielt der Bürgermeister eine Partie mit uns. Oder auch Mostaguen. Oder wir holen auch mal den Uhrmacher, der ein paar Häuser weiter wohnt, zum Bridge ab.«

»Und der Hund?«

Der Journalist machte eine Geste der Unwissenheit.

»Kein Mensch weiß, wo der herkommt. Eine Weile haben wir geglaubt, dass er einem Küstenfahrer gehört, der gestern eingelaufen ist. Die ›Sainte-Marie‹. Anscheinend doch nicht. Zwar ist ein Hund an Bord, aber es handelt sich um einen Neufundländer, und ich wette, dass kein Mensch sagen könnte, zu welcher Rasse dieses entsetzliche Vieh gehört...«

Während er redete, griff er nach einer Karaffe mit Wasser und goss Maigret ein.

»Ist das Serviermädchen schon lange hier?«, fragte der Kommissar halblaut.

»Seit Jahren...«

»Ist sie gestern Abend hinausgegangen?«

»Sie hat sich nicht vom Fleck gerührt... Sie wartete darauf, dass wir aufbrechen würden, um schlafen zu gehen. Le Pommeret und ich frischten alte Erinnerungen auf, Erinnerungen aus der guten alten Zeit, als wir noch so gut aussahen, dass wir uns den Frauen ohne Geld anbieten konnten... Stimmt's, Le Pommeret?... Er sagt nichts! Wenn Sie ihn einmal besser kennen, werden Sie merken, dass er, sobald es um Frauen geht, Manns genug ist, die

Nacht durchzumachen… Wissen Sie, wie wir das Haus vor der Fischhalle nennen, wo er wohnt?… Das ›Haus der Schandtaten‹ … äh…«

»Auf Ihr Wohl, Kommissar«, sagte nicht gerade ungeniert jener, von dem die Rede war.

Im selben Augenblick fiel Maigret auf, dass Doktor Michoux, der kaum den Mund aufgetan hatte, sich nach vorn beugte, um sein Glas gegen das Licht zu betrachten. Seine Stirn lag in Falten. In seinem Gesicht, das von Natur aus blass war, lag ein auffallender Ausdruck von Beunruhigung.

»Einen Augenblick!«, warf er auf einmal ein, nachdem er lange gezögert hatte.

Er hielt sich das Glas unter die Nase, tauchte einen Finger hinein, den er mit der Zungenspitze leicht berührte. Servières brach in schallendes Gelächter aus.

»Du meine Güte! Lässt der sich von der Geschichte von Mostaguen doch tatsächlich verrückt machen…«

»Was ist?«, fragte Maigret.

»Ich glaube, wir trinken besser nicht… Emma! Geh mal zum Apotheker nebenan und sag ihm, er soll herkommen… Auch wenn er schon bei Tisch ist…«

Es war wie eine kalte Dusche. Der Schankraum wirkte leer, noch düsterer als zuvor. Le Pommeret zupfte nervös an seinem Schnurrbart herum. Der Journalist selbst wurde auf seinem Stuhl unruhig.

»Was meinst du?« Der Arzt machte ein finsteres Gesicht. Er starrte noch immer sein Glas ein. Er stand auf und nahm die Flasche Pernod aus dem Wandschrank, betrachtete sie im Licht von allen Seiten, und Maigret sah zwei oder drei kleine weiße Kristalle, die auf der Flüssigkeit schwammen.

Das Serviermädchen kam wieder, gefolgt vom Apotheker, der noch kaute.

»Hören Sie mal, Kerdivon… Sie müssen uns unverzüglich den Inhalt dieser Flasche und der Gläser analysieren…«

»Heute?«

»Jetzt gleich!«

»Welche Probe soll ich machen? Was meinen Sie?«

Noch nie zuvor hatte Maigret den bleichen Schatten der Angst so rasch anwachsen sehen. Einige Augenblicke hatten genügt. Alle Wärme war aus den Blicken verschwunden, und das Kupferrot auf den Wangen von Le Pommeret schien etwas Künstliches zu haben.

Das Serviermädchen hatte sich mit den Ellbogen auf die Kasse aufgestützt und feuchtete die Mine eines Bleistifts an, um Zahlen in ein Heft, das in schwarzes Wachstuch eingeschlagen war, einzutragen.

»Du spinnst ja!«, versuchte Servières einzuwerfen.

Es klang unecht. Der Apotheker hielt die Flasche in der einen Hand, ein Glas in der andern.

»Strychnin…«, flüsterte der Arzt. Und er schob den andern nach draußen, kam wieder herein, den Kopf gesenkt, gelb im Gesicht.

»Wie sind Sie darauf gekommen?«, begann Maigret.

»Keine Ahnung… Ein Zufall… Ich habe ein weißes Pulverkörnchen in meinem Glas bemerkt… Der Geruch kam mir so eigenartig vor.«

»Kollektive Autosuggestion!«, behauptete der Journalist. »Wenn ich das morgen in meinem Blatt erwähne, dann ist das der Bankrott von allen Bistros im Departement Finistère.«

»Trinken Sie immer Pernod?«

»Jeden Abend vor dem Essen… Emma ist so sehr daran gewöhnt, dass sie sofort welchen bringt, wenn sie feststellt, dass unsere Halben leer sind. Wir haben unsere lieben Gewohnheiten. Abends ist es dann Calvados.«

Maigret stellte sich vor den Schrank mit den Likören und erblickte eine Flasche Calvados.

»Nicht den da! Die dickbauchige Karaffe…«

Er nahm sie, betrachtete sie im Licht von allen Seiten und sah ein paar weiße Pulverkörnchen. Er sagte jedoch nichts. Es war nicht nötig. Die anderen hatten begriffen.

Inspektor Leroy trat ein, verkündete mit teilnahmsloser Stimme:

»Der Gendarmerie ist nichts Verdächtiges aufgefallen. Keine Herumtreiber in der Gegend… Man versteht nicht…«

Er wunderte sich über die Stille, die herrschte, über die greifbare, beklemmende Atmosphäre der Angst. Tabakqualm schwebte um die Glühlampen. Das grünliche Tuch des Billardtischs präsentierte sich wie ein kahler Rasen. Zigarettenstummel lagen auf dem Boden herum, auch Spucke hie und da im Sägemehl.

»… sieben, behalte eins…«, sagte Emma, wobei sie die Spitze ihres Bleistifts anfeuchtete.

Und aufblickend rief sie ins Hinterzimmer:

»Ich komme, Madame!«

Maigret stopfte seine Pfeife. Doktor Michoux starrte

unentwegt auf den Boden, und seine Nase wirkte so schief wie nie zuvor. Die Schuhe von Le Pommeret glänzten, so als wären sie nie zum Gehen benutzt worden. Jean Servières zuckte hin und wieder mit den Achseln und sprach mit sich selbst.

Alle Blicke richteten sich auf den Apotheker, als dieser mit der Flasche und einem leeren Glas wiederkam.

Er war gelaufen. Er war völlig außer Atem. In der Tür trat er mit dem Fuß ins Leere, um irgendetwas zu verscheuchen, und brummelte:

»Mistköter!«

Und, kaum im Café:

»Das ist doch wohl ein Jux, oder? Hat jemand davon getrunken?«

»Was ist?«

»Strychnin, ja! Man muss es vor höchstens einer halben Stunde in die Flasche getan haben.«

Mit Grausen betrachtete er die noch vollen Gläser, die fünf schweigenden Männer.

»Was soll das heißen? Das ist unerhört! Ich habe ein Recht darauf, es zu erfahren! Letzte Nacht wird neben meiner Haustür ein Mann umgebracht ... Und heute ...«

Maigret nahm ihm die Flasche aus der Hand. Emma kam wieder, teilnahmslos, und zeigte über der Kasse ihr längliches Gesicht mit den Ringen unter den Augen, den schmalen Lippen, ihr schlecht gekämmtes Haar, auf dem das bretonische Häubchen fortwährend nach links rutschte, obwohl sie es ständig zurechtschob.

Le Pommeret ging mit großen Schritten auf und ab, wobei er seine glänzenden Schuhe betrachtete. Jean Servières starrte regungslos die Gläser an, und seine Stimme erstickte in einem entsetzten Schluchzer, als es auf einmal aus ihm herausplatzte:

»Um Gottes willen!«

Der Arzt zog die Schultern ein.

2

Der Doktor in Hausschuhen

Inspektor Leroy, der fünfundzwanzig Jahre alt war, glich eher einem sogenannten wohlerzogenen jungen Mann als einem Polizeiinspektor. Er kam frisch von der Schule. Dies war sein erster Fall, und seit einer Weile beobachtete er Maigret mit betrübter Miene und versuchte, unauffällig dessen Aufmerksamkeit zu erregen.

Schließlich flüsterte er errötend: »Entschuldigen Sie, Kommissar... Aber... die Fingerabdrücke...«

Er musste wohl glauben, dass sein Chef einer von der alten Schule sei und nichts vom Wert wissenschaftlicher Untersuchungsmethoden wisse, denn Maigret tat einen Zug aus seiner Pfeife und meinte:

»Wenn Sie wollen...«

Schon war Inspektor Leroy verschwunden und trug die Flasche und die Gläser behutsam auf sein Zimmer, wo er dann den Abend damit verbrachte, eine mustergültige Verpackung anzufertigen, deren Schema er in der Tasche hatte und die dazu erdacht worden war, Gegenstände zu versenden, ohne die Fingerabdrücke zu verwischen.

Maigret hatte in einer Ecke des Cafés Platz genommen. Der Wirt in weißem Kittel und mit einer Kochmütze auf dem Kopf betrachtete sein Haus mit einem Blick, als sei es von einem Wirbelsturm verwüstet worden.

Der Apotheker hatte geredet. Draußen hörte man die Leute flüstern. Jean Servières setzte als Erster den Hut auf.

»Das hier ist nicht alles! Ich bin verheiratet, und Madame Servières wartet auf mich! Bis später, Kommissar…«

Le Pommeret hielt in seinem Hinundhergehen inne.

»Warte auf mich! Ich gehe auch zum Abendessen… Bleibst du, Michoux?«

Der Arzt antwortete bloß mit einem Achselzucken. Der Apotheker wollte sich unbedingt in den Vordergrund spielen. Maigret hörte, wie er zum Wirt sagte:

»…und dass es wohlgemerkt notwendig ist, den Inhalt aller Flaschen zu analysieren! Da schließlich jemand von der Polizei hier ist, braucht er mir nur den entsprechenden Auftrag zu erteilen…«

Mehr als sechzig Flaschen mit verschiedenen Aperitifs und Likören standen im Wandschrank.

»Was halten Sie davon, Kommissar?«

»Das ist eine Idee… Ja, das ist vielleicht gar nicht so dumm…«

Der Apotheker war klein, hager und nervös. Er bewegte sich dreimal so viel hin und her, wie notwendig gewesen wäre. Man musste einen Flaschenkorb für ihn holen. Dann rief er ein Café in der Altstadt an, damit man seinem Gehilfen ausrichte, dass er ihn brauche.

Mit bloßem Kopf legte er geschäftig fünf- oder sechsmal den Weg vom Hôtel de l'Amiral zu seinem Labor zurück, wobei er jedoch die Zeit fand, den Neugierigen, die auf dem Bürgersteig versammelt waren, ein paar Worte zu sagen.

»Was soll ich bloß machen, wenn man mir alle Getränke fortschleppt?«, seufzte der Wirt. »Und kein Mensch kommt auf den Gedanken, etwas zu essen! Nehmen Sie kein Abendessen, Kommissar? ... Und Sie, Doktor? ... Gehen Sie nach Hause?«

»Nein ... Meine Mutter ist in Paris ... Das Dienstmädchen hat Urlaub ...«

»Sie übernachten also hier?«

Es regnete. Die Straßen waren voll von schwarzem Morast. Der Wind rüttelte an den Fensterläden im ersten Stock. Maigret hatte im Speisesaal zu Abend gegessen, nicht weit von jenem Tisch, an welchem der Arzt mit finsterer Miene Platz genommen hatte.

Durch die kleinen, grünen Fensterscheiben hindurch erahnte man draußen die Köpfe der Neugierigen, die hin und wieder ihr Gesicht an die Scheiben drückten. Das Serviermädchen war für eine halbe Stunde fort gewesen, um selber zu Abend zu essen. Danach hatte sie ihren gewohnten Platz rechts von der Kasse wieder eingenommen, einen Ellbogen darauf gestützt, eine Serviette in der Hand.

»Bringen Sie mir eine Flasche Bier«, sagte Maigret.

Er spürte ganz deutlich, dass der Arzt ihn beim Trinken beobachtete und danach so, als warte er auf die Symptome einer Vergiftung.

Jean Servières kam nicht zurück, obwohl er es angekündigt hatte. Auch Le Pommeret nicht. Somit blieb das Café leer, denn keiner wollte so recht hereinkommen, geschweige denn etwas trinken. Draußen wurde behauptet, dass alle Flaschen vergiftet gewesen seien.

»Es hätte gereicht, um die ganze Stadt damit umzubringen!«

Von seiner Villa in Sables Blancs rief der Bürgermeister an, um zu erfahren, was denn los sei. Danach herrschte düstere Stille. Doktor Michoux in der Ecke blätterte Zeitungen durch, ohne sie zu lesen. Das Serviermädchen rührte sich nicht vom Fleck. Maigret rauchte, gelassen, und hin und wieder kam der Wirt und vergewisserte sich mit einem Blick, dass sich kein weiteres Unglück ereignet hatte.

Man hörte die Turmuhr der Altstadt die vollen und die halben Stunden schlagen. Das Getrappel und Getuschel auf dem Bürgersteig nahm ein Ende, und bald war nur noch das monotone Klagen des Windes, das Trommeln des Regens auf die Scheiben zu hören.

»Übernachten Sie hier?«, fragte Maigret den Arzt.

Es war so still, dass lautes Sprechen schon als Belästigung empfunden wurde.

»Ja ... Das kommt ab und zu vor. Ich wohne mit meiner Mutter zusammen, drei Kilometer vor der Stadt ... Eine riesige Villa ... Meine Mutter ist für ein paar Tage nach Paris gefahren, und das Dienstmädchen hat mich um Urlaub gebeten, um zur Hochzeit ihres Bruders gehen zu können.«

Er stand auf, zögerte, sagte ziemlich unvermittelt:

»Gute Nacht.«

Und er verschwand im Treppenhaus. Man hörte, wie er im ersten Stock, unmittelbar über Maigrets Kopf, seine Schuhe auszog. Im Café blieben nur noch das Serviermädchen und der Kommissar.

»Komm her!«, sagte er und wandte sich auf seinem Stuhl zu ihr um.

Und da sie in steifer Haltung stehen blieb, fügte er hinzu:

»Setz dich. Wie alt bist du?«

»Vierundzwanzig...«

Sie war von übertriebener Unterwürfigkeit. Die dunklen Ringe unter ihren Augen, ihre Art und Weise, ohne irgendwo anzustoßen, lautlos vorüberzuhuschen, beim geringsten Wort ängstlich zu zittern, passten recht gut zu der Vorstellung von einer Spülmagd, die harte Worte gewohnt ist. Und doch spürte man, dass sich dahinter so etwas wie ein Anflug von Stolz verbarg, den sie bemüht war nicht nach außen dringen zu lassen.

Sie litt an Blutarmut. Ihre flache Brust war nicht dazu geschaffen, Sinnlichkeit zu erwecken. Dennoch übte sie durch das, was an Unruhe, Entmutigung und Kränklichkeit in ihr war, Anziehungskraft aus.

»Was hast du gemacht, bevor du hier angefangen hast zu arbeiten?«

»Ich bin Waise. Mein Vater und mein Bruder sind im Meer ertrunken, auf dem Zweimaster ›Trois-Mages‹ ... Meine Mutter ist schon lange tot... Ich war zuerst Verkäuferin in der Schreibwarenhandlung an der Place de la Poste...«

Wonach suchte ihr unruhiger Blick?

»Hast du einen Liebhaber?«

Ohne ein Wort zu sagen, wandte sie den Kopf ab, und Maigret, die Augen auf ihr Gesicht geheftet, rauchte langsamer und trank einen Schluck Bier.

»Es gibt doch bestimmt Gäste, die dir den Hof machen! Die, die vorhin hier waren, sind Stammgäste... Sie kommen jeden Abend... Sie mögen hübsche Mädchen... Also! Wer von ihnen?«

Sie wurde noch bleicher, verzog überdrüssig den Mund und brachte hervor:

»Vor allem der Arzt...«

»Bist du seine Geliebte?«

Mit einer Anwandlung von Vertrauen sah sie ihn an.

»Er hat noch andere... Hin und wieder bin ich an der Reihe, wenn er Lust darauf hat... Er übernachtet hier... Und dann fordert er mich auf, zu ihm auf sein Zimmer zu kommen...«

Selten hatte Maigret ein derart plattes Geständnis gehört.

»Gibt er dir etwas dafür?«

»Ja... Nicht immer. Zwei- oder dreimal, als ich Ausgang hatte, hat er mich zu sich nach Hause kommen lassen. Erst vorgestern wieder... Er nutzt die Gelegenheit, dass seine Mutter verreist ist. Aber er hat noch andere Mädchen.«

»Und Monsieur Le Pommeret?«

»Genau das Gleiche. Nur, dass ich erst einmal zu ihm gegangen bin, und das ist schon lange her. Eine Arbeiterin aus der Sardinenfabrik war dort und... und ich wollte nicht! Jede Woche haben sie andere...«

»Auch Monsieur Servières?«

»Das ist etwas anderes. Er ist verheiratet. Er amüsiert sich anscheinend in Brest. Hier schäkert er bloß und kneift mich im Vorbeigehen...«

Es regnete noch immer. In der Ferne heulte das Nebelhorn eines Schiffes, das wohl die Einfahrt in den Hafen suchte.

»Und das geht das ganze Jahr über so?«

»Nicht das ganze Jahr. Im Winter sind sie alleine. Hin

und wieder trinken sie eine Flasche mit einem Vertreter. Aber im Sommer herrscht Hochbetrieb. Das Hotel ist voll. Abends trinken sie zu zehnt oder zu fünfzehnt Champagner oder halten in den Villen ihre Gelage ab ... Mit Autos, schönen Frauen... Unsereins hat die Arbeit. Im Sommer bediene nicht ich, sondern richtige Kellner. Ich bin dann unten, beim Geschirrspülen ...«

Wonach suchte sie bloß ringsum? Sie saß schief auf dem Rand ihres Stuhles und schien drauf und dran, mit einem Ruck aufzustehen. Eine schrille Klingel schellte. Sie sah Maigret an, dann die Klingeltafel hinter der Kasse.

»Sie erlauben?«

Sie ging hinauf. Der Kommissar hörte Schritte, ein verworrenes Gemurmel im Zimmer des Arztes.

Der Apotheker kam herein, ein wenig angetrunken.

»Es ist geschafft, Kommissar! Achtundvierzig Flaschen analysiert! Und zwar richtig, das können Sie mir glauben! Nirgendwo sonst eine Spur von Gift als im Pernod und im Calvados. Der Wirt braucht bloß seine Sachen wieder abholen zu lassen... Sagen Sie mal, unter uns, was meinen Sie? Anarchisten, oder nicht?«

Emma kam wieder, ging auf die Straße hinaus, um die Fensterläden zu schließen, und wartete darauf, die Tür absperren zu können.

»Na?«, fragte Maigret, als sie erneut alleine waren.

Sie wandte den Kopf ab, ohne eine Antwort zu geben, mit unerwarteter Scham, und dem Kommissar kam es so vor, als würde sie in Tränen ausbrechen, wenn er sie nur ein wenig anstoßen würde.

»Gute Nacht, mein Kleines!«, sagte er zu ihr.

Als der Kommissar nach unten ging, hielt er sich für den Ersten, der aufgestanden war, so sehr war der Himmel von Wolken verdunkelt. Vom Fenster aus hatte er den menschenleeren Hafen gesehen, wo ein einsamer Kran einen Sandfrachter entlud. Auf den Straßen huschten ein paar Leute mit Regenschirmen und Regenmänteln dicht an den Häuserwänden entlang.

In der Mitte der Treppe begegnete er einem Vertreter, der gerade eintraf und dessen Koffer von einem Dienstmann getragen wurde.

Emma kehrte den Saal im Erdgeschoss. Auf einem Marmortisch stand eine Tasse mit einem Rest Kaffee.

»Wo ist mein Inspektor?«, fragte Maigret.

»Er hat mich schon vor einiger Zeit nach dem Weg zum Bahnhof gefragt, um ein dickes Paket hinzubringen.«

»Und der Doktor?«

»Ich habe ihm sein Frühstück hinaufgebracht… Er ist krank… Er will nicht herauskommen.«

Und wieder kehrte der Besen den mit Sägemehl vermischten Staub auf.

»Was möchten Sie?«

»Schwarzen Kaffee.«

Sie musste ganz dicht an ihm vorbeigehen, um in die Küche zu gelangen. In diesem Augenblick packte er sie mit seinen großen Händen an den Schultern, blickte ihr in die Augen, barsch und herzlich zugleich.

»Raus mit der Sprache, Emma!«

Sie versuchte mit einer schüchternen Bewegung freizukommen, hielt still, bebend, und machte sich so klein wie möglich.

»Unter uns gesagt, was weißt du?... Sei still... Du lügst ja doch! Du bist ein armes, kleines Ding, und ich habe keine Lust, dich in Schwierigkeiten zu bringen. Sieh mich an! Die Flasche... Stimmt's? Rede schon, jetzt...«

»Ich schwöre Ihnen...«

»Du brauchst nicht zu schwören.«

»Ich war es nicht.«

»Das weiß ich auch, zum Donnerwetter, dass du es nicht warst! Aber wer war es?«

Mit einem Mal schwollen ihre Lider an. Tränen quollen hervor. Ihre Unterlippe bebte krampfhaft, und so bot das Serviermädchen einen derart ergreifenden Anblick, dass Maigret sie losließ.

»Der Doktor... letzte Nacht?«

»Nein! Nicht das, woran Sie denken...«

»Was wollte er?«

»Er hat mich dasselbe gefragt wie Sie... Er hat mir gedroht... Er wollte, dass ich ihm sage, wer die Flasche angerührt hat... Er hat mich beinahe geschlagen... Und ich habe doch keine Ahnung... Bei allem, was mir heilig ist, ich schwöre, dass...«

»Bring mir meinen Kaffee.«

Es war acht Uhr morgens. Maigret ging Tabak kaufen, machte einen Rundgang durch die Stadt. Als er gegen zehn wiederkam, saß der Arzt im Café, in Hausschuhen, einen Foulard anstelle des falschen Kragens um den Hals. Seine Züge waren abgespannt, sein rotes Haar schlecht gekämmt.

»Sie sehen nicht aus, als ob Sie sich wohl fühlten...«

»Ich bin krank... Ich hätte es kommen sehen müssen... Es sind die Nieren... Sobald mir das Geringste zustößt, eine Unannehmlichkeit, eine Aufregung, dann wirkt sich das so aus. Ich habe die Nacht kein Auge zugetan.«

Er blickte unverwandt zur Tür.

»Gehen Sie nicht nach Hause?«

»Es ist niemand dort. Hier werde ich besser gepflegt.«

Er hatte alle Morgenzeitungen holen lassen; sie lagen auf dem Tisch.

»Haben Sie meine Freunde gesehen? … Servières? … Le Pommeret? … Es ist seltsam, dass sie nicht gekommen sind, um Neues zu erfahren …«

»Ach was, sicher schlafen sie noch«, seufzte Maigret. »Übrigens, diesen fürchterlichen gelben Hund habe ich nicht gesehen … Emma! Haben Sie vielleicht den Hund wieder gesehen? … Nein? Da kommt Leroy, vielleicht ist er ihm auf der Straße begegnet. Was gibt's Neues, Leroy?«

»Die Flakons und die Gläser sind auf dem Weg zum Labor. Ich habe bei der Gendarmerie und beim Rathaus vorbeigeschaut. Sie haben von diesem Hund gesprochen, ja? Ein Bauer hat ihn anscheinend heute Morgen im Garten von Monsieur Michoux gesehen …«

»In meinem Garten?«

Der Arzt war aufgestanden. Seine weißen Hände zitterten.

»Was hat er in meinem Garten gemacht?«

»Nach dem, was mir erzählt wurde, lag er vor der Haustür, und als der Bauer näher gekommen ist, hat er so geknurrt, dass der Mann lieber das Weite gesucht hat …«

Maigret beobachtete die Gesichter aus dem Augenwinkel.

»Was meinen Sie, Doktor, sollen wir nicht gemeinsam zu Ihnen nach Hause gehen?«

Ein gezwungenes Lächeln:

»Bei diesem Regen? In meinem Zustand? Da würde ich mir mindestens acht Tage Bettruhe einhandeln … Was hat dieser Hund schon zu bedeuten! Sicher ein ganz gewöhnlicher streunender Köter …«

Maigret setzte seinen Hut auf und zog seinen Mantel über.

»Wohin gehen Sie?«

»Ich weiß nicht … Frische Luft schnappen … Kommen Sie mit, Leroy?«

Als sie draußen waren, konnten sie noch den länglichen Kopf des Arztes erkennen, den die Scheiben verzerrten, noch länger machten und grünlich einfärbten.

»Wohin gehen wir?«, fragte der Inspektor.

Maigret zuckte mit den Achseln, schlenderte eine Viertelstunde ziellos um das Hafenbecken herum, wie jemand, der sich für Schiffe interessiert. In der Nähe der Mole angelangt, schlug er einen Weg ein, den ein Schild als die Straße nach Sables Blancs auswies.

»Wenn man die Zigarettenasche analysiert hätte, die auf dem Flur des leerstehenden Hauses gefunden wurde …«, begann Leroy nach einem Räuspern.

»Was halten Sie von Emma?«, unterbrach ihn Maigret.

»Ich … Ich glaube … Nach meiner Meinung besteht die Schwierigkeit, besonders in dieser Gegend, wo alle sich kennen, darin, sich so viel Strychnin zu beschaffen …«

»Das will ich gar nicht von Ihnen wissen … Wären Sie zum Beispiel gerne ihr Liebhaber?«

Dem armen Inspektor fiel nichts ein, was er hätte antworten können. Und Maigret hieß ihn haltmachen und seinen Mantel öffnen, um sich, vor dem Wind geschützt, eine Pfeife anstecken zu können.

Der Strand von Sables Blancs, gesäumt von einigen Villen, darunter ein prächtiger Wohnsitz, der die Bezeichnung Schloss verdiente und dem Bürgermeister gehörte, erstreckte sich zwischen zwei felsigen Landzungen, drei Kilometer von Concarneau entfernt.

Maigret und sein Begleiter wateten durch den mit Tang bedeckten Schlick und sahen kaum zu den leeren Häusern hin, deren Fensterläden geschlossen waren. Jenseits des Strandes stieg das Gelände an. Von Fichten gekrönte Felsen fielen steil zum Meer ab.

Ein großes Schild: »Baugrundstück Sables Blancs«. Ein Plan in verschiedenen Farben mit den Parzellen, die schon verkauft, und jenen, die noch zu vergeben waren. Eine Holzbude: »Verkauf der Grundstücke«.

Schließlich der Hinweis: »Falls nicht besetzt, bitte an den Verwalter, Monsieur Ernest Michoux, wenden.«

Im Sommer, wenn alles frisch gestrichen war, musste das etwas Heiteres haben. Im Regen und im Schlamm, im Tosen der Brandung hatte es eher etwas Unheilvolles.

In der Mitte eine große, neue Villa, aus grauem Stein, mit Terrasse, Teich und Beeten, die noch nicht in Blüte standen.

In einiger Entfernung die Rohbauten weiterer Villen: ein paar Mauern, die aus dem Boden ragten und schon die Räume andeuteten …

An der Holzbude fehlten ein paar Scheiben. Sandhaufen warteten darauf, auf die neue Straße verteilt zu werden, die von einer Presswalze zur Hälfte versperrt wurde. Oben auf der Klippe ein Hotel, oder vielmehr ein künftiges Hotel, ein Rohbau, mit Mauern von grellem Weiß und Fenstern, die mit Brettern und Pappe abgedeckt waren.

Maigret ging in aller Ruhe voran, stieß die Schranke zur Seite, die Zugang zur Villa von Doktor Michoux gewährte. Als er beim Eingang stand und nach dem Türknauf griff, murmelte Inspektor Leroy:

»Wir haben keinen Durchsuchungsbefehl! Meinen Sie nicht, dass …?«

Wieder einmal zuckte sein Chef mit den Achseln. Auf den Wegen waren die tiefen Spuren zu sehen, die die Pfoten des gelben Hundes hinterlassen hatten. Es gab noch weitere Spuren: von riesigen Füßen in Nagelschuhen. Mindestens Größe sechsundvierzig!

Der Türknauf drehte sich. Wie durch Zauberei öffnete sich die Tür, und auf dem Teppich waren die gleichen Schlammspuren festzustellen: die des Hundes und der besagten Schuhe.

Die kompliziert gebaute Villa war protzig eingerichtet. Überall Nischen, Divane, niedrige Bücherschränke, bretonische Schrankbetten, die zu Vitrinen umgebaut waren, kleine türkische oder chinesische Tische. Viele Teppiche und Behänge! Aus allem sprach sichtlich der Wille zur Gestaltung eines rustikal-modernen Ganzen.

Einige bretonische Landschaften. Signierte Akte mit Widmung: *Dem lieben Freund Michoux,* ja sogar: *Dem Freund der Künstler.*

Missmutig besah sich der Kommissar den Klimbim, während diese falsche Vornehmheit auf Inspektor Leroy nicht ohne Eindruck blieb.

Und Maigret öffnete die Türen, warf einen Blick in die Zimmer. Manche waren nicht möbliert. Der Gips auf den Wänden war kaum trocken.

Zu guter Letzt stieß er eine Tür mit dem Fuß auf, und ein zufriedenes Murmeln kam über seine Lippen, als er die Küche sah. Auf dem weißen Holztisch standen zwei leere Flaschen Bordeaux.

Etwa zehn Konservendosen waren ungeschickt geöffnet worden, mit irgendeinem Messer. Der Tisch war schmutzig, fettig. Man hatte direkt aus den Dosen gegessen – Heringe in Weißwein, kaltes Ragout, Steinpilze und Aprikosen.

Der Boden war bekleckert. Fleischreste lagen herum. Eine Flasche Weinbrand war zerbrochen, und der Geruch von Alkohol vermischte sich mit dem der Lebensmittel.

Maigret sah seinen Begleiter mit einem verschmitzten Lächeln an:

»Glauben Sie, Leroy, dass der Doktor diese Schweinerei angerichtet hat?«

Und da der andere in seiner Verblüffung keine Antwort gab:

»Seine Mama auch nicht, so hoffe ich! Und schon gar nicht das Dienstmädchen! Sehen Sie mal! Sie haben doch eine Vorliebe für Abdrücke... Das da sind aber wohl eher Schlammkrusten in Form einer Schuhsohle... Größe fünfundvierzig oder sechsundvierzig... Und die Spuren vom Hund!«

Er stopfte sich eine weitere Pfeife, nahm Schwefelhölzer von einem Regal.

»Halten Sie alles fest, was es hier drin festzuhalten gibt! An Arbeit fehlt es nicht... Bis gleich!«

Er ging fort, beide Hände in den Taschen, den Mantelkragen hochgeschlagen, den Strand von Sables Blancs entlang.

Als er das Hôtel de l'Amiral betrat, bemerkte er zuerst Doktor Michoux in seiner Ecke, noch immer in Hausschuhen, unrasiert, seinen Foulard um den Hals.

Le Pommeret, ebenso korrekt wie am Abend zuvor, saß neben ihm, und die beiden Männer ließen den Kommissar näher kommen, ohne ein Wort zu sagen.

Schließlich brachte der Doktor mit tonloser Stimme hervor:

»Wissen Sie, was ich gerade erfahre? … Servières ist verschwunden … Seine Frau ist halb am Durchdrehen … Seit er uns gestern Abend verlassen hat, ist er nicht wieder gesehen worden …«

Maigret fuhr zusammen, nicht dessentwegen, was er da erfuhr, sondern weil er gerade den gelben Hund zu Emmas Füßen erblickte.

3

Angst in Concarneau

Le Pommeret hatte das Bedürfnis, dies zu bestätigen, weil er sich gerne reden hörte.

»Gerade vorhin hat sie mich zu Hause aufgesucht und mich angefleht, Nachforschungen anzustellen. Servières, der mit richtigem Namen Goyard heißt, ist ein alter Kamerad…«

Maigrets Blick wanderte vom gelben Hund zur Tür, die sich öffnete, zu dem Zeitungsverkäufer, der wie ein Windstoß hereinkam, und fiel schließlich auf eine Schlagzeile in Fettdruck, die von weitem zu lesen war:

Angst in Concarneau

Im Untertitel hieß es dann:

Jeden Tag ein Verbrechen
Unser Mitarbeiter Jean Servières verschwunden
Blutspuren in seinem Wagen
Wer ist der Nächste?

Maigret hielt den Zeitungsjungen am Ärmel fest.

»Hast du schon viele verkauft?«

»Zehnmal so viele wie sonst. Wir kommen zu dritt vom Bahnhof her.«

Wieder losgelassen, setzte der Junge seinen Weg am Quai entlang fort und rief:

»*Le Phare de Brest*... Sondernummer...«

Der Kommissar hatte noch nicht einmal Zeit gehabt, den Artikel zu beginnen, als Emma verkündete:

»Sie werden am Telefon verlangt.«

Eine wütende Stimme, die des Bürgermeisters:

»Hallo, waren Sie es, Kommissar, der das Erscheinen dieses blöden Artikels veranlasst hat?... Und ich bin nicht einmal auf dem Laufenden! Ich erwarte, dass man mich als Ersten darüber in Kenntnis setzt, was in dieser Stadt vorgeht, deren Oberhaupt ich bin! Was ist mit diesem Wagen? Und mit diesem Mann mit den großen Füßen? In der letzten halben Stunde habe ich über zwanzig Anrufe von aufgeregten Bürgern bekommen, die mich fragten, ob diese Nachrichten stimmten... Ich sage Ihnen noch einmal, dass ich in Zukunft verlange, dass...«

Ohne mit der Wimper zu zucken, legte Maigret auf, ging ins Café zurück, setzte sich und begann zu lesen. Michoux und Le Pommeret überflogen die gleiche Zeitung, die auf dem Marmortisch lag.

Unser tüchtiger Mitarbeiter Jean Servières hat an dieser Stelle selbst über die Ereignisse berichtet, zu deren Schauplatz Concarneau vor kurzem geworden ist. Es geschah am Freitag. Ein ehrenwerter Kaufmann der Stadt, Monsieur Mostaguen, verließ das Hôtel de l'Amiral, machte in einem Hauseingang halt, um sich eine Zigarre anzuzünden, als ihn durch den Briefkasten des Hauses, eines unbewohnten Hauses, eine Kugel in den Bauch traf.

Am Samstag traf Kommissar Maigret, der erst kürzlich von Paris entsendet und mit der Leitung der mobilen Brigade von Rennes beauftragt wurde, am Tatort ein, was nicht verhinderte, dass sich ein weiteres Verbrechen ereignete.

Am Abend wurde uns nämlich telefonisch mitgeteilt, dass drei Notabeln der Stadt, die Herren Le Pommeret, Jean Servières und Doktor Michoux, zu denen sich die Untersuchungsbeamten gesellt hatten, beim Aperitif feststellten, dass der ihnen servierte Pernod eine starke Dosis Strychnin enthielt.

Und nun ist am heutigen Sonntagmorgen das Auto von Jean Servières in der Nähe des Flusses Saint-Jacques aufgefunden worden, verlassen von seinem Besitzer, der seit Samstagabend nicht mehr gesehen worden ist.

Der Vordersitz ist blutbefleckt. Eine Scheibe ist eingeschlagen, und alles deutet darauf hin, dass ein Kampf stattgefunden hat.

Drei Tage: drei Verbrechen! Man begreift, dass die Angst Concarneau zu beherrschen beginnt, dessen Bürger sich mit Beklemmung fragen, wer wohl das nächste Opfer sein wird.

Unruhe in der Bevölkerung stiftet besonders das geheimnisvolle Auftauchen eines gelben Hundes, den niemand kennt, der keinen Herrn zu haben scheint und der bei jedem neuen Unglücksfall angetroffen wird.

Hat dieser Hund die Polizei etwa schon auf eine heiße Spur geführt? Und wird nicht ein Individuum gesucht, das noch nicht identifiziert worden ist, an verschiedenen Stel-

len jedoch seltsame Spuren hinterlassen hat, nämlich Fußspuren überdurchschnittlicher Größe?

Ein Wahnsinniger? Ein Herumtreiber? Hat er all diese Untaten begangen? Auf wen hat er es heute Abend abgesehen?

Sicherlich wird er an den Rechten geraten, denn die aufgeschreckten Bürger werden sich vorsichtshalber bewaffnen und beim geringsten Alarm auf ihn schießen.

Einstweilen ist die Stadt am heutigen Sonntag wie tot, und die Stimmung erinnert an die Fliegeralarme während des Krieges in den Städten Nordfrankreichs.

Maigret sah durch die Scheiben hinaus. Es regnete nicht mehr, aber die Straßen waren voll von schwarzem Morast, und der Wind blies unvermindert heftig. Der Himmel war bleigrau.

Leute kamen aus der Messe. Nahezu alle hielten den *Phare de Brest* in der Hand. Und alle Gesichter wandten sich zum Hôtel de l'Amiral, während so mancher Vorübergehende seinen Schritt beschleunigte.

Gewiss hatte die Stadt etwas Totes an sich. Aber war dies nicht jeden Sonntagmorgen so? Wieder läutete das Telefon. Man hörte, wie Emma antwortete:

»Ich weiß nicht, Monsieur… Ich habe keine Ahnung… Möchten Sie, dass ich den Kommissar rufe?… Hallo!… Hallo!… Unterbrochen…«

»Was ist?«, brummte Maigret.

»Eine Zeitung aus Paris, glaube ich… Sie wollen wissen, ob es weitere Opfer gibt… Sie haben ein Zimmer bestellt…«

»Rufen Sie den *Phare de Brest* für mich an.«

Inzwischen ging er auf und ab, ohne den Arzt, der zusammengesunken auf seinem Stuhl hockte, eines Blickes zu würdigen noch Le Pommeret, der seine schwerberingten Finger betrachtete.

»Hallo ... Der *Phare de Brest?* ... Kommissar Maigret. Den Direktor bitte! ... Hallo! ... Sind Sie es? ... Gut! Würden Sie mir bitte sagen, um welche Uhrzeit Ihr Machwerk heute Morgen aus der Presse ging? ... Was? ... Um halb zehn? ... Und wer hat den Artikel über die Verbrechen in Concarneau verfasst? ... Ach was, erzählen Sie keine Märchen! ... Wie bitte? ... Der Artikel ist Ihnen zugesandt worden? ... Keine Unterschrift? ... Sie veröffentlichen also jede anonyme Information, die Ihnen zugeht? ... Es hat mich sehr gefreut!«

Er wollte durch die Tür hinausgehen, die unmittelbar zum Quai hinausführte, und fand sie verschlossen.

»Was hat das zu bedeuten?«, fragte er Emma und sah ihr dabei in die Augen.

»Der Doktor ...«

Er sah Michoux an, dessen Kopf schiefer denn je aussah, zuckte mit den Achseln und ging durch eine andere Tür hinaus. Die Läden der meisten Geschäfte waren geschlossen. Die Leute im Sonntagsstaat hatten es eilig.

Jenseits des Hafenbeckens, wo die Schiffe vor Anker lagen, stieß Maigret auf die Mündung des Flusses Saint-Jacques, ganz am Ende der Stadt, dort, wo nur noch vereinzelt Häuser standen, weil die Werften sich immer weiter ausdehnten. Schiffsrohbauten lagen am Quai. Alte Kähne verrotteten im Schlick.

Dort, wo sich eine Steinbrücke über den Fluss schwang, der dann in den Hafen einmündete, stand eine Gruppe von Schaulustigen um einen kleinen Wagen herum. Um dorthin zu gelangen, war ein kleiner Umweg nötig, denn die Quais waren durch Baustellen versperrt. An den Blicken, die ihm zugeworfen wurden, merkte Maigret, dass jeder ihn schon kannte. Und an den Eingängen zu den geschlossenen Geschäften sah er Leute aufgeregt tuscheln.

Endlich gelangte er zu dem Wagen, der am Straßenrand abgestellt worden war, öffnete mit einem Ruck die Tür, so dass Glasscherben zu Boden fielen, und er brauchte nicht erst zu suchen, um die braunroten Flecken auf dem Stoff des Sitzes zu sehen.

Um ihn drängten sich vor allem kleine Buben und großsprecherische Jugendliche.

»Das Haus von Monsieur Servières?«

Zu zehnt führten sie ihn hin. Es lag dreihundert Meter weiter, etwas abseits, ein Bürgerhaus, umgeben von einem Garten. Die Eskorte blieb vor dem Gitter stehen, während Maigret läutete und von einem kleinen Dienstmädchen mit verstörtem Gesicht hineingeführt wurde.

»Ist Madame Servières da?«

Schon öffnete sich die Tür zum Esszimmer.

»Reden Sie schon, Kommissar! Glauben Sie, dass er ermordet worden ist? Ich bin völlig außer mir… Ich…«

Eine biedere Frau von etwa vierzig Jahren, die wie eine gute Hausfrau wirkte, wofür auch die Sauberkeit ihrer Wohnung sprach.

»Sie haben Ihren Mann nicht mehr gesehen, seit…?«

»Gestern Abend kam er zum Essen… Mir ist aufgefallen,

dass er besorgt war, aber er hat mir nichts sagen wollen… Seinen Wagen hatte er vor der Tür abgestellt, was bedeutete, dass er abends ausging, um seine Partie Karten im Café des Hôtel de l'Amiral zu spielen, das wusste ich. Ich habe ihn gefragt, ob er spät nach Hause käme. Um zehn bin ich zu Bett gegangen… Ich bin lange wach geblieben. Ich habe gehört, wie es elf schlug, dann halb zwölf… Aber es kam öfter vor, dass er spät nach Hause kam. Ich muss dann wohl eingeschlafen sein. Mitten in der Nacht bin ich aufgewacht. Ich habe mich gewundert, dass ich ihn nicht neben mir spürte. Da habe ich gedacht, dass ihn jemand nach Brest mitgenommen habe… Hier ist nicht viel los… Und so kommt es manchmal vor… Ich konnte nicht wieder einschlafen. Von fünf Uhr morgens an stand ich hinter dem Fenster auf der Lauer… Er mag es nicht, wenn es so aussieht, als warte ich auf ihn, und noch weniger, wenn ich mich nach ihm erkundige. Um neun bin ich zu Monsieur Le Pommeret gelaufen. Als ich auf einem anderen Weg nach Hause ging, habe ich Leute um den Wagen stehen sehen… Sagen Sie! Weshalb hätte man ihn umbringen sollen? Er ist der beste Mann auf der Welt. Ich bin sicher, dass er keine Feinde hat…«

Eine Gruppe von Leuten wartete vor dem Gitter.

»Anscheinend gibt es Blutspuren… Ich habe Leute gesehen, die eine Zeitung lasen, aber niemand hat sie mir zeigen wollen…«

»Hatte Ihr Mann viel Geld bei sich?«

»Ich glaube nicht… Wie immer! Drei- oder vierhundert Franc…«

Maigret versprach, sie auf dem Laufenden zu halten, bemühte sich sogar, sie mit belanglosen Sätzen zu beruhigen.

Aus der Küche duftete es nach Hammelkeule. Das Dienstmädchen mit der weißen Schürze begleitete ihn wieder bis zur Tür.

Der Kommisar hatte draußen noch keine hundert Meter zurückgelegt, als ein Passant rasch auf ihn zukam.

»Entschuldigen Sie, Kommissar… Erlauben Sie, dass ich mich vorstelle… Monsieur Dujardin, Lehrer… Seit einer Stunde kommen Leute zu mir, besonders Eltern meiner Schüler, um mich zu fragen, ob an dem Zeitungsbericht etwas Wahres dran sei. Manche wollen wissen, ob sie das Recht haben zu schießen, falls sie den Mann mit den großen Füßen sehen sollten…«

Maigret war kein Geduldsengel. Er steckte beide Hände in seine Taschen und brummelte dabei:

»Sie können mich mal!«

Und er machte sich auf den Weg zur Stadtmitte.

Es war zum Verrücktwerden! So etwas hatte er noch nie erlebt. Es erinnerte an die Gewitter, wie sie manchmal im Film zu sehen sind. Man zeigt eine Straße in strahlendem Sonnenschein, einen wolkenlosen Himmel. Auf einmal schiebt sich eine Wolke vor die Sonne. Ein heftiger Wind fegt durch die Straße. Graugrünes Licht. Klappernde Fensterläden. Wirbelnde Staubwolken. Dicke Tropfen.

Und dann die Straße im strömenden Regen, unter einem dramatischen Himmel!

Concarneau veränderte sich zusehends. Der Artikel im *Phare de Brest* war nur der Anfang. Lange schon übertrafen die mündlichen Kommentare die schriftliche Version bei weitem.

Und dazu war es noch Sonntag! Die Bewohner hatten

nichts zu tun! Man sah, wie sie zum Wagen von Jean Servières hinspazierten, in dessen Nähe man zwei Polizisten postieren musste. Die Schaulustigen blieben eine Stunde dort und hörten sich die Erklärungen an, die jene abgaben, die besser im Bilde waren.

Als Maigret zum Hôtel de l'Amiral zurückkam, hielt ihn der Wirt mit der weißen Mütze, der von einer ungewohnten Nervosität befallen war, am Ärmel fest.

»Ich muss mit Ihnen reden, Kommissar… Es wird allmählich untragbar…«

»Erst einmal werden Sie mir das Essen servieren.«

»Aber…«

Maigret ging in eine Ecke, setzte sich und bestellte wütend:

»Ein Halbes! Haben Sie zufällig meinen Inspektor gesehen?«

»Er ist fortgegangen… Ich glaube, er ist zum Bürgermeister gerufen worden. Es kam gerade wieder ein Anruf aus Paris. Eine Zeitung hat zwei Zimmer reservieren lassen, für einen Reporter und einen Fotografen.«

»Wo ist der Doktor?«

»Er ist oben… Er hat darum gebeten, niemand zu ihm zu lassen…«

»Und Monsieur Le Pommeret?«

»Er ist gerade gegangen.«

Der gelbe Hund war nicht mehr da. Junge Leute, eine Blume im Knopfloch, das Haar steif von Pomade, saßen am Tisch, tranken jedoch nicht von der Limonade, die sie bestellt hatten. Sie waren gekommen, um etwas zu sehen. Sie waren überstolz, dass sie sich das getraut hatten.

»Komm mal her, Emma.«

Es bestand eine Art spontaner Sympathie zwischen dem Serviermädchen und dem Kommissar. Ungezwungen kam sie zu ihm und ließ sich in eine Ecke ziehen.

»Bist du sicher, dass der Doktor letzte Nacht nicht ausgegangen ist?«

»Ich schwöre Ihnen, ich habe nicht in seinem Zimmer geschlafen.«

»Konnte er hinausgehen?«

»Ich glaube nicht... Er hat Angst... Heute Morgen hat er mich die Tür abschließen lassen, die zum Quai hinausführt.«

»Wieso kennt dich der gelbe Hund?«

»Keine Ahnung. Ich habe ihn noch nie gesehen. Er kommt und geht. Ich frage mich sogar, wer ihm zu fressen gibt.«

»Ist es lange her, seitdem er wieder weg ist?«

»Ich habe nicht aufgepasst.«

Inspektor Leroy kam zurück, nervös.

»Sie wissen, Kommissar, dass der Bürgermeister wütend ist... Und er hat eine hohe Position! Er hat mir gesagt, dass er der Cousin des Justizministers ist. Er behauptet, dass wir Däumchen drehen, dass wir nur dazu taugen, Panik in der Stadt zu verbreiten. Er will, dass wir jemanden verhaften, egal wen, um die Bevölkerung zu beruhigen... Ich habe ihm versprochen, mit Ihnen darüber zu reden... Er hat mir wiederholt gesagt, dass unsere Karriere noch nie so sehr auf dem Spiel gestanden hat...«

Maigret kratzte sich bedächtig den Kopf mit seiner Pfeife.

»Was werden Sie tun?«

»Gar nichts.«

»Aber …«

»Sie sind jung, Leroy! Haben Sie in der Villa des Doktors interessante Spuren gesichert?«

»Ich habe alles zum Labor geschickt, die Gläser, die Konservendosen, das Messer. Sogar einen Gipsabdruck der Spuren des Mannes und des Hundes habe ich angefertigt. Das ist schwierig gewesen, denn der hiesige Gips ist schlecht… Haben Sie eine Idee?«

Anstelle einer Antwort zog Maigret ein Notizbuch aus seiner Tasche, und mehr und mehr verwirrt, las der Inspektor:

»*Ernest Michoux* (›der Doktor‹ genannt). Sohn eines kleinen Unternehmers aus dem Departement Seine-et-Oise, der eine Legislaturperiode lang Abgeordneter gewesen ist und dann Bankrott gemacht hat.

Der Vater ist tot. Die Mutter ist eine Intrigantin. Hat gemeinsam mit ihrem Sohn versucht, in Juan-les-Pins Grundstücksgeschäfte zu betreiben. Völliger Fehlschlag. Hat in Concarneau von vorn angefangen. Aktiengesellschaft ins Leben gerufen, gestützt auf den Ruf des verstorbenen Gatten. Hat kein Kapital eingebracht. Versucht zurzeit dafür zu sorgen, dass die Kosten für die Erschließungsarbeiten von der Gemeinde und dem Departement übernommen werden.

Ernest Michoux ist verheiratet gewesen, jetzt geschieden. Seine ehemalige Frau hat einen Notar aus Lille geheiratet.

Dekadenter Typ. Zahlungsschwierigkeiten.«

Der Inspektor sah seinen Chef an, als wolle er sagen:

»Na und?«

Maigret zeigte ihm die folgenden Zeilen:

»*Yves Le Pommeret.* Familie Le Pommeret. Sein Bruder Arthur leitet die größte Konservenfabrik von Concarneau. Niederer Adel. Yves Le Pommeret ist das schwarze Schaf der Familie. Hat nie gearbeitet. Hat vor langer Zeit den größten Teil seines Erbteils in Paris verprasst. Hat sich in Concarneau niedergelassen, als er nur noch zwanzigtausend Franc Rente bezog. Trotz allem gelingt es ihm, zu den Honoratioren zu gehören; dabei muss er sich seine Schuhe selber putzen. Zahlreiche Affären mit jungen Arbeiterinnen. Einige Skandale haben vertuscht werden müssen. Geht auf allen Schlössern der Umgebung zur Jagd. Hochnäsig. Ist durch Beziehungen an den Titel eines Vizekonsuls von Dänemark gekommen. Bemüht sich um den Orden der Ehrenlegion. Pumpt manchmal seinen Bruder an, um seine Schulden zu bezahlen.«

»*Jean Servières* (Pseudonym von Jean Goyard). Geboren im Departement Morbihan. Lange Zeit Journalist in Paris, Generalsekretär bei kleinen Theatern usw. Hat eine bescheidene Erbschaft gemacht und sich in Concarneau niedergelassen. Hat eine ehemalige Arbeiterin geheiratet, die fünfzehn Jahre lang seine Geliebte war. Bürgerlicher Lebenswandel. Einige Eskapaden in Brest und Nantes. Lebt eher von kleinen Renten als von seinem Journalismus, auf den er sehr stolz ist. Akademische Auszeichnung.«

»Ich begreife nicht!«, stammelte der Inspektor.

»Allerdings! Geben Sie mir Ihre Notizen.«

»Aber … Wer hat Ihnen gesagt, dass ich …?«

»Her damit …«

Das Notizbuch des Kommissars war ein Heft zu zehn Sous mit kariertem Papier und einem Umschlag aus Wachstuch. Das von Inspektor Leroy war eine Agenda mit herausnehmbaren Seiten. Maigret las vor:

»1. *Fall Mostaguen.* Die Kugel, die den Weinhändler getroffen hat, war sicher für einen andern bestimmt. Da man nicht voraussehen konnte, dass jemand am Eingang haltmachen würde, *hatte man sich wohl mit dem eigentlichen Opfer an dieser Stelle verabredet, das entweder gar nicht oder zu spät gekommen ist.*

Es sei denn, man hätte es darauf abgesehen, die Bevölkerung zu terrorisieren. *Der Mörder kennt Concarneau wie seine Westentasche.* (Zigarettenasche, die im Flur gefunden wurde, nicht analysiert.)

2. *Fall des vergifteten Pernod.* Im Winter ist das Café des Hôtel de l'Amiral fast den ganzen Tag über menschenleer. Ein Mann, der dies wusste, ist eingetreten und hat Gift in die Flaschen streuen können. In zwei Flaschen. Man hatte es also ausschließlich auf die Pernod- und Calvadostrinker abgesehen. (Erwähnenswert ist, dass der Doktor die weißen Pulverkörnchen, die auf der Flüssigkeit schwammen, rechtzeitig und ohne Mühe bemerkt hat.)

3. *Der gelbe Hund.* Das Tier kennt das Café des Hôtel de l'Amiral. Er hat einen Herrn. Aber wen? Scheint mindestens fünf Jahre alt zu sein.

4. *Fall Servières.* Durch Schriftenanalyse herausfinden, wer den Artikel an den *Phare de Brest* eingesandt hat.«

Maigret lächelte, gab seinem Kollegen das Notizbuch zurück und bemerkte:

»Sehr gut, Junge...«

Dann warf er einen mürrischen Blick hinüber zu den Silhouetten der Neugierigen, die immer wieder durch die grünen Scheiben hindurch zu sehen waren, und fügte hinzu:

»Gehen wir essen!«

Eine Weile später, als sie mit dem Vertreter, der am Morgen angekommen war, allein im Speisesaal saßen, kam Emma und sagte, Doktor Michoux, dessen Zustand sich verschlimmert habe, hätte darum gebeten, ihm eine leichte Mahlzeit auf seinem Zimmer zu servieren.

Am Nachmittag glich das Café des Hotels mit seinen kleinen, graugrünen Scheiben einem Glashaus im botanischen Garten, an dem die Schaulustigen im Sonntagsstaat vorbeidefilierten. Und anschließend sah man sie den Weg zum hinteren Teil des Hafens einschlagen, wo der Wagen von Servières eine zweite Attraktion bildete, die von zwei Polizisten bewacht wurde.

Dreimal rief der Bürgermeister aus seiner prächtigen Villa in Sables Blancs an.

»Haben Sie jemanden verhaftet?«

Maigret bemühte sich kaum um eine Antwort. Dann stürmten junge Leute zwischen achtzehn und fünfundzwanzig das Café. Lärmende Gruppen, die von einem Tisch

Besitz ergriffen, Getränke bestellten und sie dann nicht anrührten.

Sie waren noch keine fünf Minuten im Café, als die Wortwechsel immer seltener wurden, das Gelächter erstarb und der Bluff der Verlegenheit wich. Und einer nach dem anderen ging hinaus.

Der Unterschied war noch spürbarer, als man die Lampen einschalten musste. Es war vier Uhr. Sonst waren zu der Zeit noch eine Menge Leute auf der Straße.

An diesem Tag war alles menschenleer, und es herrschte Totenstille. Man hätte meinen können, dass sich alle Spaziergänger miteinander abgesprochen hätten. In weniger als einer Viertelstunde leerten sich die Straßen, und wenn Schritte widerhallten, so waren es die eiligen Schritte eines ängstlichen Passanten, der sich nach Hause in Sicherheit bringen wollte.

Emma hatte sich mit den Ellbogen auf die Kasse gestützt. Der Wirt ging von seiner Küche zum Café, wo Maigret seine Klagen hartnäckig überhörte.

Ernest Michoux kam gegen halb fünf herunter, noch immer in Hausschuhen. Er war unrasiert. Sein cremefarbener seidener Foulard war schweißdurchnässt.

»Sie hier, Kommissar?«

Das schien ihn zu beruhigen.

»Und Ihr Inspektor?«

»Ich habe ihn auf eine Runde in die Stadt geschickt.«

»Und der Hund?«

»Seit heute Morgen ist er nicht wieder gesehen worden.«

Der Fußboden war grau, der Marmor der Tische grellweiß, durchzogen von blauen Adern. Durch die Fensterscheiben hindurch erahnte man die beleuchtete Turmuhr der Altstadt, auf der es zehn vor fünf war.

»Weiß man immer noch nicht, wer diesen Artikel geschrieben hat?«

Die Zeitung lag auf dem Tisch. Man las schließlich nur noch vier Worte:

Wer ist der Nächste?

Das Telefon läutete, Emma antwortete:

»Nein… Nichts… Ich weiß von nichts…«

»Wer war es?«, erkundigte sich Maigret.

»Wieder eine Zeitung aus Paris… Anscheinend kommen die Journalisten mit dem Wagen…«

Mitten im Satz klingelte erneut das Telefon.

»Es ist für Sie, Kommissar.«

Der Arzt, ganz bleich, folgte Maigret mit den Blicken.

»Hallo!… Wer ist am Apparat?…«

»Leroy. Ich bin in der Altstadt, in der Nähe der Brücke… Man hat einen Schuss abgefeuert… Ein Schuster, der von seinem Fenster aus den gelben Hund bemerkt hat…«

»Tot?«

»Verletzt! Die Lenden zerschmettert… Das Tier kann sich kaum noch wegschleppen… Die Leute wagen sich nicht heran… Ich rufe Sie von einem Café aus an… Das Tier liegt mitten auf der Straße… Durch das Fenster kann ich es sehen… Es jault… Was soll ich tun?«

Und aus der Stimme des Inspektors, die ihm nicht mehr gehorchte, sprach Angst, so als sei der verletzte gelbe Hund ein übernatürliches Wesen.

»An allen Fenstern sind Menschen… Sagen Sie, Kommissar, soll man ihm den Gnadenschuss geben?«

Aschfahl im Gesicht, stand der Arzt hinter Maigret und fragte schüchtern:

»Was ist denn los? Was sagt er?«

Und der Kommissar sah zu Emma hin, die die Ellbogen auf den Schanktisch aufgestützt hatte und vage in die Luft blickte.

4

Wie auf einem Kompaniegefechtsstand

Maigret überquerte die Zugbrücke, ging durch die Stadtmauern und bog in eine verwinkelte und schlecht beleuchtete Straße ein. Das, was die Bürger von Concarneau als *ville close* bezeichneten, nämlich das alte, noch von seinen Festungswällen umschlossene Viertel, war einer der am dichtesten bevölkerten Teile der Stadt.

Und dennoch kam der Kommissar in eine Zone des Schweigens, das immer vieldeutiger wurde. Das Schweigen einer von einem Schauspiel gebannten Menge, die erschauert, sich fürchtet oder ungeduldig wird.

Ein paar vereinzelte Stimmen von Halbwüchsigen, die unbedingt prahlen wollten.

Noch eine Biegung, und der Kommissar stand vor der Szene: ein enges Gässchen mit Leuten an allen Fenstern; petroleumbeleuchtete Zimmer, da und dort Betten darin; eine Gruppe, die im Weg stand, und jenseits dieser Gruppe eine große Leere, aus der ein Röcheln stieg.

Maigret schob die Schaulustigen zur Seite, zumeist junge Leute, die von seinem Kommen überrascht wurden. Zwei von ihnen waren noch dabei, den gelben Hund mit Steinen zu bewerfen. Ihre Begleiter wollten sie noch an ihrem Tun hindern. Man hörte oder erriet vielmehr:

»Achtung!«

Und einer der Steinwerfer lief bis über beide Ohren rot an, als Maigret ihn nach links stieß und auf das verletzte Tier zuging. Schon war das Schweigen anders beschaffen. Offensichtlich waren die Schaulustigen noch einige Augenblicke zuvor von einem bösartigen Rausch befallen gewesen – mit Ausnahme einer Alten, die von ihrem Fenster aus rief:

»Das ist eine Schande! Sie müssten ein Protokoll machen, Kommissar! Alle zusammen machen sie sich über dieses arme Tier her. Und ich weiß schon, weshalb! Weil sie Angst vor ihm haben ...«

Verlegen ging der Schuster, der geschossen hatte, wieder in sein Geschäft zurück. Maigret bückte sich, um den Hund am Kopf zu streicheln, der ihn erstaunt ansah, noch nicht dankbar. Inspektor Leroy kam aus dem Café, von wo aus er angerufen hatte. Widerwillig gingen die Leute fort.

»Bringt einen Schubkarren her.«

Die Fenster wurden eines nach dem anderen geschlossen, aber man ahnte neugierige Schatten hinter den Gardinen. Der Hund war schmutzig, sein dichtes Fell blutverschmiert. Sein Bauch war voller Schlamm, die Schnauze trocken und heiß. Allmählich wurde er zutraulich, versuchte nicht mehr, sich über den Boden zu schleppen, wo zwanzig dicke Steine ihn umrahmten.

»Wohin mit ihm, Kommissar?«

»Zum Hotel ... Sachte ... Legen Sie Stroh auf den Boden des Karrens.«

Dieses Geleit hätte etwas Lächerliches haben können. Durch die magische Beklemmung jedoch, die seit dem Morgen nicht aufgehört hatte, sich zu verdichten, bekam es etwas Beeindruckendes. Der Karren, der von einem Alten geschoben wurde, hüpfte über das Kopfsteinpflaster, entlang der Straße mit den zahlreichen Windungen, über die Zugbrücke, und niemand wagte es, sich ihm anzuschließen. Der gelbe Hund atmete schwer, zuckte krampfhaft mit allen vieren gleichzeitig.

Maigret bemerkte einen Wagen, den er noch nie vor dem Hôtel de l'Amiral gesehen hatte. Als er die Tür zum Café aufstieß, stellte er fest, dass sich die Atmosphäre verändert hatte.

Ein Mann rempelte ihn an, sah den Hund, der aufgehoben wurde, richtete seine Kamera auf ihn und ließ sein Blitzlicht aufleuchten. Ein anderer, in Golfhosen, rotem Pullover, ein Heft in der Hand, fuhr mit seiner Hand an die Mütze.

»Kommissar Maigret? ... Vasco, von der Zeitung *Journal* ... Ich bin gerade eingetroffen und habe schon das Glück gehabt, mit Monsieur ...«

Er deutete auf Michoux, der in einer Ecke saß, angelehnt an die Bank aus Kunstleder.

»Der Wagen der Zeitung *Petit Parisien* blieb hinter uns ... Sie hatten eine Panne zehn Kilometer von hier ...«

Emma fragte den Kommissar:

»Wo sollen wir ihn hinlegen?«

»Ist im Haus kein Platz für ihn?«

»Doch ... beim Hof ... Ein Verschlag, wo die leeren Flaschen gestapelt werden.«

»Leroy! Rufen Sie einen Tierarzt.«

Noch vor einer Stunde hatte eine Leere, eine Stille voller Zurückhaltung geherrscht. Und nun brachte der Fotograf in seinem fast weißen Trenchcoat Tische und Stühle durcheinander und rief:

»Einen Moment … Nicht bewegen, bitte … Drehen Sie den Kopf des Hundes nach hier …«

Und es blitzte.

»Wo ist Le Pommeret?«, fragte Maigret und wandte sich dabei an den Arzt.

»Er ist kurz nach Ihnen gegangen … Der Bürgermeister hat wieder angerufen … Ich denke, er wird herkommen …«

Um neun Uhr abends ging es zu wie in einem Hauptquartier. Zwei weitere Reporter waren eingetroffen. Der eine verfasste seinen Artikel an einem Tisch im Hintergrund. Hin und wieder kam ein Fotograf aus seinem Zimmer herunter.

»Haben Sie vielleicht neunzigprozentigen Alkohol? Ich brauche unbedingt welchen, um meine Filme zu trocknen … Der Hund ist klasse! … Sagten Sie, nebenan sei eine Apotheke? … Geschlossen? … Nun …«

Im Flur, wo sich das Telefon befand, diktierte ein Journalist seinen Text mit gleichgültiger Stimme:

»Maigret, ja … M wie Maurice … A wie Arthur … Ja … I wie Isidore … Schreiben Sie gleich alle Namen auf … Michoux … M … I … choux, wie *chou* … Wie *chou de Bruxelles* … Aber nein, nicht wie pou. Moment … Ich gebe Ihnen die Überschriften … Kommt das auf die Titelseite? … Doch! … Sagen Sie dem Chef, dass das unbedingt auf die erste Seite muss …«

Verwirrt suchte Inspektor Leroy Maigret fortwährend mit seinen Blicken, wie wenn er sich an ihn klammern wollte. In einer Ecke bereitete der einzige Vertreter seine morgendlichen Geschäftsbesuche mit Hilfe des lokalen Firmenverzeichnisses vor. Ab und zu rief er Emma.

»Chauffier… Ist das eine große Eisenwarenhandlung? Danke…«

Der Tierarzt hatte die Kugel entfernt und die Hinterhand des Hundes mit einem Stützverband umwickelt.

»So ein Vieh, das hat ein unheimlich zähes Leben!«

In dem Abstellraum, dessen Boden mit grauen Granitplatten ausgelegt war und der sich zum Hof wie zur Kellertreppe öffnete, hatte man auf Stroh eine alte Decke ausgebreitet. Dort lag der Hund, ganz allein, zehn Zentimeter von einem Bissen Fleisch entfernt, den er nicht anrührte.

Der Bürgermeister war gekommen, mit dem Wagen. Ein alter Mann mit weißem Kinnbart, sehr gepflegt, mit schroffen Gesten. Er hatte die Stirn gerunzelt, als er in diese Wachstubenatmosphäre eindrang oder vielmehr in diese Atmosphäre eines Kompaniegefechtsstandes.

»Wer sind diese Herren?«

»Journalisten aus Paris.«

Der Bürgermeister war auf hundert.

»Prächtig! Dann wird also morgen in ganz Frankreich von dieser blöden Geschichte geredet! Sie haben noch immer nichts herausgefunden?«

»Die Ermittlungen gehen weiter!«, brummte Maigret in einem Ton, als hätte er erklärt: »Das geht Sie nichts an!«

Denn es lag Gereiztheit in der Luft. Jeder hatte die Nerven bloßliegen.

»Und Sie, Michoux, gehen Sie nicht nach Hause?«

Der Blick des Bürgermeisters war voller Verachtung und bezichtigte den Arzt der Feigheit.

»Wenn das so weitergeht, dann herrscht in vierundzwanzig Stunden allgemeine Panik … Es muss jemand verhaftet werden, ich hab es schon einmal gesagt, egal wer …«

Und er unterstrich diese letzten Worte mit einem auf Emma gerichteten Blick.

»Ich weiß, dass ich Ihnen keine Befehle zu erteilen habe. Der hiesigen Polizei haben Sie ja bloß eine bedeutungslose Rolle überlassen. Aber ich sage Ihnen: Noch ein Verbrechen, ein einziges, dann ist der Teufel los … Die Leute machen sich auf etwas gefasst. Die Geschäfte, die sonst am Sonntag bis neun Uhr geöffnet bleiben, haben zu … Dieser blöde Artikel im *Phare de Brest* hat die Bevölkerung in Angst und Schrecken versetzt.«

Der Bürgermeister hatte seine Melone nicht abgenommen, und beim Fortgehen zog er sie noch weiter in die Stirn, nachdem er gemahnt hatte:

»Ich wäre Ihnen dankbar, wenn Sie mich auf dem Laufenden hielten, Kommissar … Und ich mache Sie nochmals darauf aufmerksam, dass Sie für alles, was zurzeit geschieht, die Verantwortung tragen …«

»Ein Halbes, Emma!«, bestellte Maigret.

Man konnte die Journalisten weder daran hindern, im Hôtel de l'Amiral abzusteigen, noch daran, es sich im Café bequem zu machen, zu telefonieren, das Haus mit ihrem lärmenden Hin und Her zu erfüllen. Sie verlangten Tinte und Papier. Sie fragten Emma aus, die jämmerlich und verwirrt dreinschaute.

Draußen schwarze Nacht. Ab und zu schwacher Mondschein, der die Düsternis des mit schweren Wolken verhangenen Himmels noch betonte, anstatt sie zu erhellen. Und dieser Schlamm, der an allen Schuhen kleben blieb, denn Concarneau kannte noch keine gepflasterten Straßen!

»Hat Ihnen Le Pommeret gesagt, ob er wiederkäme?«, fragte Maigret Michoux.

»Ja... Er ist nach Hause essen gegangen...«

»Welche Adresse?«, fragte ein Journalist, der nichts weiter zu tun hatte.

Der Arzt gab sie ihm, während der Kommissar mit den Achseln zuckte und Leroy in eine Ecke holte.

»Haben Sie das Original des Artikels, der heute Morgen erschienen ist?«

»Ich habe es gerade bekommen. Es liegt auf meinem Zimmer. Der Text ist mit der linken Hand geschrieben worden, also von jemandem, der befürchtete, dass seine Handschrift erkannt werden könnte...«

»Kein Poststempel?«

»Nein! Der Brief wurde in den Briefkasten der Zeitung geworfen. Auf dem Umschlag steht: ›Äußerst dringend‹.«

»So dass also spätestens um acht Uhr morgens jemand über das Verschwinden von Jean Servières im Bilde war und wusste, dass der Wagen am Fluss Saint-Jacques abgestellt war, oder abgestellt werden würde, und dass man Blutspuren auf dem Sitz feststellen würde... Und dieser Jemand wusste außerdem sehr wohl, dass man irgendwo die großen Fußstapfen eines Unbekannten entdecken würde...«

»Das ist unglaublich!«, seufzte der Inspektor. »Was diese Fußstapfen betrifft, so habe ich davon ein Funkbild zum Quai des Orfèvres geschickt. Sie haben schon in den Registern nachgeforscht. Ich habe die Antwort: Sie passen zu keiner Karteikarte eines Verbrechers...«

Es stand außer Zweifel: Leroy ließ sich von der Angst ringsum anstecken. Am stärksten von diesem Virus befallen, um es einmal so zu sagen, war Ernest Michoux, dessen Gestalt im Kontrast zum sportlichen Äußeren, zu den ungezwungenen Gesten und dem Selbstvertrauen der Journalisten erst recht kümmerlich wirkte.

Er wusste nicht, wohin. Maigret fragte ihn:

»Gehen Sie nicht zu Bett?«

»Noch nicht. Ich schlafe nie vor ein Uhr morgens ein.«

Er bemühte sich zu lächeln, was missriet und zwei Goldzähne sichtbar werden ließ.

»Ganz offen, was denken Sie?«

Die beleuchtete Turmuhr der Altstadt schlug zehn. Der Kommissar wurde ans Telefon gerufen. Es war der Bürgermeister.

»Noch nichts?«

Ob auch er sich auf ein Verbrechen gefasst machte?

Aber machte sich Maigret im Grunde genommen nicht selbst auch darauf gefasst? Eigensinnig stattete er dem gelben Hund einen Besuch ab, der eingeschlummert war, furchtlos ein Auge aufschlug und ihn näher kommen sah. Der Kommissar kraulte ihn am Kopf und schob ihm etwas Stroh unter die Pfoten.

Er bemerkte den Wirt hinter sich.

»Glauben Sie, dass diese Herren von der Presse lange bleiben?… Denn dann muss ich an die Vorräte denken… Morgen um sechs ist Markt…«

Wenn man Maigret nicht kannte, so hatte es in solchen Fällen etwas Verwirrendes zu sehen, wie seine großen Augen einen anstarrten, als sähe er einen nicht, und ihn etwas

Unverständliches brummeln zu hören, während er sich entfernte, so als hielte er einen für nebensächlich.

Der Reporter des *Petit Parisien* kam zurück, schüttelte die Regentropfen von seinem Mantel ab.

»Sieh mal an! Regnet's?… Was gibt's Neues, Groslin?«

Ein Licht zuckte in den Augen des jungen Mannes, der zu dem Fotografen, der ihn begleitete, leise ein paar Worte sagte und dann den Telefonhörer abnahm.

»Den *Petit Parisien,* Mademoiselle… Pressedienst… Bitte vorziehen!… Was?… Sie haben eine direkte Verbindung mit Paris?… Dann schnell her damit… Hallo!… Hallo!… Der *Petit Parisien?*… Mademoiselle Germaine?… Holen Sie mir die diensthabende Stenotypistin an den Apparat… Hier Groslin!«

Seine Stimme hatte etwas Ungeduldiges. Und sein Blick schien die Kollegen, die ihm zuhörten, herauszufordern. Maigret, der hinter ihm vorbeiging, blieb stehen, um ihm zuzuhören.

»Hallo!… Sind Sie es, Mademoiselle Jeanne? Schnell, ja!… Es ist noch Zeit für einige Provinzausgaben. Die anderen bekommen es erst in der Ausgabe von Paris. Sagen Sie dem Chef vom Dienst, er soll den Text abfassen. Ich habe nicht die Zeit dazu…

Fall Concarneau… Unsere Mutmaßungen waren zutreffend… Ein weiteres Verbrechen… Hallo! Ja, *Verbrechen!*… Ein Mann ermordet, wenn Ihnen das besser gefällt…«

Jeder war verstummt. Der Arzt näherte sich wie gebannt dem Journalisten, der fieberhaft, triumphierend, mit den Füßen aufstampfend, fortfuhr:

»Nach Monsieur Mostaguen und dem Journalisten Jean Servières nun Monsieur Le Pommeret! … Ja … Ich habe Ihnen den Namen vorhin buchstabiert. Er wurde soeben tot in seinem Zimmer aufgefunden … Zu Hause! Keine Verletzung. Die Muskeln sind steif, und alles deutet auf eine Vergiftung hin … Moment noch … Schließen Sie mit: ›Angst in …‹ … Ja! Laufen Sie schnell zum Chef vom Dienst. Ich werde Ihnen gleich einen Text für die Pariser Ausgabe diktieren, aber die Nachricht muss unbedingt in die Provinzausgaben.«

Er legte auf, wischte sich den Schweiß ab, warf einen triumphierenden Blick in die Runde.

Schon ging das Telefon.

»Hallo! … Herr Kommissar? … Wir versuchen schon seit einer Viertelstunde, Sie zu erreichen … Hier bei Monsieur Le Pommeret … Schnell! … Er ist tot! …«

Und jammernd wiederholte die Stimme: »Tot …«

Maigret sah rings um sich. Auf fast allen Tischen standen leere Gläser. Kreideweiß folgte Emma dem Polizeibeamten mit ihren Blicken.

»Weder ein Glas noch eine Flasche anrühren!«, ordnete er an. »Verstanden, Leroy? Rühren Sie sich nicht vom Fleck.«

Der Arzt, von dessen Stirn der Schweiß tropfte, hatte sein Halstuch abgenommen, und man sah seinen dürren Hals und sein Hemd, das mit einem Knopf für den falschen Kragen zugeknöpft war.

Als Maigret in der Wohnung von Le Pommeret eintraf, hatte schon ein Arzt, der im Nachbarhaus wohnte, die erste Untersuchung gemacht.

Eine Frau von etwa fünfzig Jahren war zugegen, die Eigentümerin des Mietshauses, die auch angerufen hatte.

Ein hübsches Haus aus grauem Stein mit Blick aufs Meer. Und alle zwanzig Sekunden wurden die Fenster vom Lichtbündel des Leuchtturms angestrahlt.

Ein Balkon. Eine Fahnenstange und ein Schild mit dem Wappen Dänemarks.

Die Leiche lag auf dem Teppich des Studios, das mit wertlosen Nippes vollgepfropft war. Draußen hatten fünf Leute den Kommissar kommen sehen und kein Wort gesagt.

An den Wänden Fotos von Schauspielerinnen, Zeichnungen, die aus Groschenromanen ausgeschnitten und unter Glas gerahmt worden waren, ein paar Widmungen von Frauen.

Das Hemd von Le Pommeret war herausgerissen. Die Schuhe waren noch schwer vom Schlamm.

»Strychnin!«, sagte der Arzt. »Wenigstens nehme ich es an. Sehen Sie sich seine Augen an. Und beachten Sie vor allem den steifen Körper. Die Agonie hat bestimmt eine halbe Stunde gedauert. Vielleicht noch länger …«

»Wo waren Sie?«, fragte Maigret die Vermieterin.

»Unten … Ich vermietete Monsieur Le Pommeret die ganze erste Etage, und er nahm seine Mahlzeiten bei mir ein. Gegen acht Uhr ist er zum Essen heimgekommen. Er hat fast nichts gegessen. Ich erinnere mich, dass er behauptet hat, mit dem Strom sei etwas nicht in Ordnung, obwohl die Lampen normal leuchteten …

Er hat mir gesagt, dass er wieder fortgehe, zuvor aber wolle er eine Aspirintablette nehmen, denn er habe Kopfweh.«

Der Kommissar sah den Arzt fragend an.

»Stimmt genau! Die ersten Symptome.«

»Die wie lange nach der Einnahme des Giftes auftreten?«

»Das hängt von der Dosis ab und von der Konstitution des Einzelnen. Manchmal nach einer halben Stunde, ein andermal nach zwei Stunden.«

»Und der Tod?«

»...tritt erst nach der totalen Lähmung ein. Zuvor kommt es aber zu Teillähmungen. Daher ist es möglich, dass er versucht hat zu rufen. Er hat auf diesem Diwan gelegen...«

Derselbe Diwan, der dem Quartier von Le Pommeret den Namen »Haus der Schandtaten« eingebracht hatte! Um dieses Möbel herum hingen ganz besonders viele von den aufreizenden Bildchen. Eine Nachttischlampe verbreitete rosa Licht.

»Er hat sich heftig bewegt, wie in einem Anfall *Delirium tremens.* Er starb auf dem Boden...«

Maigret ging auf die Tür zu, durch die ein Fotograf eintreten wollte, und schloss sie vor seiner Nase.

Er rechnete halblaut:

»Kurz nach sieben Uhr hat Le Pommeret das Café des Hôtel de l'Amiral verlassen... Er hatte einen Weinbrand mit Soda getrunken... Hier hat er eine Viertelstunde später gesessen und getrunken... Nach allem, was Sie mir von der Wirkung des Strychnins gesagt haben, hat er das Gift ebenso gut dort wie hier schlucken können...«

Ganz plötzlich begab er sich ins Erdgeschoss, wo die Vermieterin weinte, umringt von drei Nachbarinnen.

»Wo sind die Teller, die Gläser vom Abendessen?«

Es dauerte eine Weile, bis sie begriff. Und als sie antworten wollte, hatte er schon in der Küche ein Becken mit noch heißem Wasser entdeckt, saubere Teller auf der Linken, schmutzige auf der Rechten und Gläser.

»Ich war dabei, das Geschirr zu spülen, als…«

Ein Polizeisergeant traf ein.

»Bewachen Sie das Haus. Bringen Sie alle Leute hinaus, außer der Eigentümerin… Und kein Journalist, kein Fotograf! Kein Glas, keinen Teller anrühren…«

Bis zum Hotel hatte Maigret eine Strecke von fünfhundert Metern bei stürmischem Wind zurückzulegen. Die Stadt lag im Dunkel. Kaum zwei oder drei Fenster waren noch hell, weit voneinander entfernt.

Auf dem Platz jedoch, an der Ecke gegen den Quai, drang aus den drei grünlichen Fensteröffnungen des Hôtel de l'Amiral noch Licht, aber wegen der Scheiben wirkte das Ganze eher wie ein monströses Aquarium.

Beim Näherkommen vernahm man den Lärm von Stimmen, das Läuten des Telefons, das Brummen eines Wagens, der in Gang gesetzt wurde.

»Wo wollen Sie hin?«, fragte Maigret.

Er wandte sich an einen Journalisten.

»Die Leitung ist besetzt! Ich gehe anderswohin telefonieren… In zehn Minuten ist es für meine Pariser Ausgabe schon zu spät…«

Inspektor Leroy stand im Café und wirkte wie ein Schulaufseher bei der Beaufsichtigung der Hausaufgaben. Jemand schrieb unentwegt. Staunend, aber voller Begeisterung stand der Vertreter da in dieser für ihn neuen Atmosphäre.

Alle Gläser waren auf den Tischen geblieben. Es gab Gläser mit Fuß, in denen Aperitifs serviert worden waren, Halbe, die noch reichlich Schaum enthielten, kleine Likörgläser.

»Um wie viel Uhr sind die Tische abgeräumt worden?«

Emma grübelte nach.

»Ich könnte es nicht sagen. Einige Gläser habe ich nach und nach weggenommen… Andere stehen seit dem Nachmittag da…«

»Und das Glas von Monsieur Le Pommeret?«

»Was hat er getrunken, Monsieur Michoux?«

Maigret war es, der antwortete:

»Einen Weinbrand mit Soda.«

Sie sah sich einen Bierdeckel nach dem andern an.

»Sechs Francs… Aber einem dieser Herren habe ich einen Whisky serviert, und der kostet genauso viel… Vielleicht ist es dieses Glas hier… Vielleicht auch nicht…«

Der Fotograf, der nicht die Fassung verlor, machte von der gesamten graugrünen Glasware, die auf den Marmortischen ausgestellt war, Aufnahmen.

»Holen Sie mir den Apotheker!«, befahl der Kommissar Leroy.

Und es wurde die Nacht der Gläser und Teller. Man brachte Gläser und Teller aus dem Haus des Vizekonsuls von Dänemark. Die Reporter drangen in das Labor des Apothekers ein, als seien sie dort zu Hause, und einer von ihnen, ein ehemaliger Medizinstudent, wirkte sogar bei den Analysen mit.

Der Bürgermeister hatte am Telefon bloß in scharfem Ton bemerkt:

»… auf Ihre Verantwortung …«

Man fand nichts. Dafür erschien plötzlich der Wirt und fragte:

»Was ist denn aus dem Hund geworden?«

Der Abstellraum, wo man ihn auf Stroh gebettet hatte, war leer. Obwohl er wegen des Verbands, der seine Hinterhand einschnürte, nicht laufen oder sich auch nur fortschleppen konnte, war der gelbe Hund verschwunden.

Die Gläser brachten nichts an den Tag.

»Das von Monsieur Le Pommeret ist vielleicht gespült worden … Ich weiß nicht mehr … Bei diesem Durcheinander!«, sagte Emma.

Auch bei der Vermieterin war die Hälfte des Geschirrs schon gespült worden.

Ernest Michoux, aschfahl im Gesicht, machte sich vor allem wegen des verschwundenen Hundes Sorgen.

»Vom Hof her hat man ihn geholt! Vom Quai aus gibt es einen Zugang … Eine Art Sackgasse … Man sollte besser die Tür verrammeln, Kommissar … Andernfalls … Denken Sie nur, man hat hier hereinkommen können, ohne dass es jemand bemerkt hat! Und mit diesem Tier auf dem Arm davon!«

Man hätte meinen können, er wage es nicht, den Hintergrund des Schankraums zu verlassen, und halte sich so weit wie möglich von den Türen fern.

5

Der Mann von der Pointe du Cabélou

Es war acht Uhr morgens. Maigret, der nicht schlafen gegangen war, hatte gerade ein Bad genommen und war im Begriff, sich vor dem am Fensterriegel aufgehängten Spiegel fertig zu rasieren.

Es war kälter als an den vergangenen Tagen. Der trübe Regen sah aus wie geschmolzener Schnee. Unten lauerte ein Reporter auf das Eintreffen der Zeitungen aus Paris. Man hatte das Pfeifen des Halb-acht-Uhr-Zuges gehört. In einigen Augenblicken würden die Austräger der Sondernummern auftauchen.

Der Platz, auf den der Kommissar hinabsah, war vom Wochenmarkt völlig verstellt. Man spürte jedoch, dass auf diesem Markt nicht der gleiche Betrieb herrschte wie sonst. Die Leute redeten leise. Die Bauern schienen von den Neuigkeiten, die sie erfuhren, beunruhigt zu sein.

Auf dem Platz waren etwa fünfzig Stände aufgestellt, an denen Butterballen, Eier, Gemüse, Hosenträger und Seidenstrümpfe feilgeboten wurden. Auf der rechten Seite parkten Karren aller Art, und das Ganze war überragt vom beschwingten Gleiten der weißen Trachtenhauben mit den breiten Klöppelspitzen.

Dass etwas geschah, bemerkte Maigret erst, als er sah, wie sich die Gesichter veränderten, wie die Leute auf dem

Markt sich zusammenscharten und alle in dieselbe Richtung blickten. Das Fenster war geschlossen. Er hörte den Lärm nicht, oder vielmehr war es bloß ein wirres Raunen, das er vernahm.

Er suchte weiter weg. Im Hafen luden einige Fischer leere Körbe und Netze in die Kutter. Auf einmal hielten sie inne, stellten sich rechts und links der Straße hin, auf der zwei Beamte der Stadtpolizei einen Festgenommenen in Richtung Rathaus führten.

Einer der Polizisten war sehr jung und bartlos. Die Arglosigkeit stand ihm im Gesicht geschrieben. Der andere trug einen kräftigen, rotbraunen Schnurrbart, und seine dichten Augenbrauen verliehen ihm ein fast schon furchterregendes Aussehen.

Die Gespräche auf dem Markt waren verstummt. Man betrachtete die drei Männer, die näher kamen. Man zeigte sich gegenseitig die Handschellen, mit denen die Handgelenke des Übeltäters gefesselt waren.

Ein Hüne! Er ging vornübergebeugt, wodurch seine Schultern doppelt so breit erschienen. Seine Füße schleiften im Schlamm, und er schien es zu sein, der die beiden Schutzmänner im Schlepptau hatte.

Er trug irgendeine alte Jacke. Auf seinem bloßen Kopf wucherte sehr dichtes, dunkelbraunes Haar.

Der Journalist lief ins Treppenhaus, stieß eine Tür auf und schrie seinem noch schlafenden Fotografen zu:

»Benoît! Benoît! Schnell! Aufstehen … Ein umwerfendes Bild!«

Er wusste nicht, wie recht er damit haben sollte. Denn während Maigret sich die letzten Seifenreste von den Wangen wischte und seine Jacke suchte, ohne dabei den Platz aus den Augen zu lassen, trug sich ein wirklich außergewöhnlicher Zwischenfall zu.

Im Handumdrehen hatte sich die Menge um die Polizisten und den Festgenommenen gedrängt. Plötzlich hob dieser, der schon lange auf die Gelegenheit gelauert haben musste, mit einem heftigen Ruck die Fäuste.

Von weitem sah der Kommissar die jämmerlichen Kettenenden, die von den Händen der Polizisten hinunterhingen. Und der Mann stürzte sich auf die Schaulustigen. Eine Frau purzelte zu Boden. Leute rannten davon. Noch hatte sich niemand von der Verblüffung erholt, als der Festgenommene schon in eine Sackgasse gelaufen war, zwanzig Meter vom Hôtel de l'Amiral entfernt, unmittelbar neben dem leerstehenden Haus, aus dessen Briefkasten heraus am vergangenen Freitag eine Revolverkugel gefeuert worden war.

Einer der Polizisten – der jüngere – hätte beinahe geschossen, zögerte, rannte los, wobei er seine Waffe so hielt, dass Maigret sich auf einen Unfall gefasst machte. Ein Vordach aus weißem Holz gab unter dem Gedränge der Davoneilenden nach, und sein Leinenüberzug fiel auf die Butterballen hinunter.

Der junge Polizist war so mutig, sich ganz allein in die Sackgasse zu stürzen. Maigret, der die Örtlichkeiten kannte, kleidete sich ohne Hast vollends an.

Denn nunmehr konnte nur noch ein Wunder helfen, den Rohling wieder aufzugreifen. Das Gässchen, zwei Meter breit, verlief um zwei stumpfe Ecken im rechten Winkel. Zwanzig Häuser, die zum Quai oder zum Platz hinaus lagen, hatten einen Ausgang zu der Sackgasse. Zudem gab es Schuppen, die Lager eines Händlers, der Taue und anderes Schiffszubehör verkaufte, ein Depot für Konservendosen, kurz, ein Wirrwarr von Bauten, Winkeln, Ecken und leicht zugänglichen Dächern, die eine Verfolgung fast unmöglich machten.

Nun hielt sich die Menge in einiger Entfernung. Die Frau, die umgestoßen worden war, drohte rot vor Entrüstung mit der Faust in alle Himmelsrichtungen, während die Tränen an ihrem Kinn zitterten.

Der Fotograf verließ das Hotel, einen Trenchcoat über seinem Pyjama, barfuß.

Eine halbe Stunde später traf der Bürgermeister ein, kurz nach dem Inspektor der Gendarmerie, dessen Männer mit der Durchsuchung der Nachbarhäuser anfingen.

Als er Maigret in Begleitung des jungen Polizisten im Café zu Tisch antraf, damit beschäftigt, Toast zu verspeisen, durchfuhr den ersten Magistraten der Stadt ein Beben der Entrüstung.

»Ich habe Sie gewarnt, Kommissar, dass ich Sie zur Verantwortung ziehen werde für … für … Aber das scheint Sie nicht zu berühren! Ich werde sogleich ein Telegramm an das Innenministerium schicken, um es davon in Kenntnis zu setzen, dass … dass …, und um darum zu ersuchen … Haben Sie eigentlich gesehen, was da draußen los ist? … Die Leute trauen sich nicht in ihre Häuser … Ein gelähmter Greis jammert vor Entsetzen, weil er in einem zweistöckigen Haus festsitzt … Man vermutet den Verbrecher überall …«

Maigret drehte sich um und bemerkte Ernest Michoux, der sich wie ein ängstliches Kind möglichst in seiner Nähe hielt, ohne einen stärkeren Luftzug zu verursachen als ein Gespenst.

»Sie werden feststellen, dass es die hiesige Polizei war, also einfache Polizisten, die ihn festgenommen haben, während …«

»Legen Sie noch immer Wert darauf, dass ich jemanden verhafte?«

»Was wollen Sie damit sagen? … Geben Sie etwa vor, den Ausreißer dingfest zu machen?«

»Sie haben gestern von mir eine Verhaftung verlangt, irgendeine …«

Die Journalisten waren draußen, halfen den Gendarmen bei ihrer Fahndung. Das Café war nahezu leer, unaufgeräumt, denn man hatte noch nicht die Zeit gehabt, sauberzumachen. Ein beißender Geruch von kaltem Tabak legte sich einem auf die Brust. Man trat auf Zigarettenstummeln, Speichelresten, Sägemehl und zerschlagenen Gläsern herum.

Unterdessen zog der Kommissar aus seiner Brieftasche einen noch nicht ausgefüllten Haftbefehl hervor.

»Sagen Sie bloß ein Wort, Herr Bürgermeister, und ich …«

»Ich möchte zu gern wissen, wen Sie verhaften würden!«

»Emma! Eine Feder und Tinte, bitte.«

Er rauchte in kurzen Zügen. Er hörte, wie der Bürgermeister brummelte, in der Hoffnung, verstanden zu werden:

»Alles Bluff …«

Aber er ließ sich nicht aus der Fassung bringen, schrieb mit großen, dicken Grundstrichen, wie es seine Gewohnheit war:

»... den besagten Ernest Michoux, Geschäftsführer der Immobiliengesellschaft von Sables Blancs ...«

Es war eher komisch als tragisch. Der Bürgermeister las es verkehrt herum. Maigret sagte:

»Bitte schön! Da Sie darauf bestehen, verhafte ich den Doktor ...«

Dieser sah sie beide an, rang sich ein gezwungenes Lächeln ab, wie ein Mann, der nicht weiß, was er auf einen Scherz antworten soll. Der Kommissar aber beobachtete Emma, die zur Kasse ging und sich plötzlich umdrehte, weniger bleich als sonst, und die ein Zittern der Freude nicht unterdrücken konnte.

»Ich nehme an, Kommissar, Sie sind sich im Klaren über die Tragweite dieses ...«

»Das ist mein Beruf, Herr Bürgermeister.«

»Und nach allem, was gerade vorgefallen ist, kommt Ihnen nichts weiter in den Sinn, als einen meiner Freunde zu verhaften ... oder vielmehr, einen meiner Kameraden ... jedenfalls einen der Notabeln von Concarneau, einen Mann, der ...«

»Haben Sie ein komfortables Gefängnis?«

Michoux schien sich währenddessen einzig zu bemühen, seinen Speichel hinunterzuschlucken.

»Außer dem Polizeirevier im Rathaus gibt es nur die Gendarmerie in der Altstadt ...«

Inspektor Leroy war gerade hereingekommen. Es verschlug ihm den Atem, als Maigret mit der natürlichsten Stimme der Welt zu ihm sagte: »Na, mein Lieber! Wären Sie so freundlich, den Doktor zur Gendarmerie zu geleiten? Unauffällig! Überflüssig, ihm Handschellen anzulegen. Sie werden ihn einsperren und dafür Sorge tragen, dass es ihm an nichts fehlt.«

»Das ist der reine Irrsinn!«, stammelte der Arzt. »Ich begreife nichts... Ich... Das ist unerhört! Das ist eine Schande!«

»Allerdings«, brummte Maigret.

Und, an den Bürgermeister gewandt:

»Ich habe nichts dagegen, dass die Suche nach dem Vagabunden fortgesetzt wird. Das zerstreut die Bevölkerung. Vielleicht ist es sogar von Nutzen. Aber messen Sie seiner Festnahme keine allzu große Bedeutung zu. Beruhigen Sie die Leute wieder.«

»Wissen Sie, dass er im Besitz eines feststehenden Messers war, als man ihn heute Morgen festgenommen hat?«

»Das ist gut möglich.«

Maigret wurde allmählich ungeduldig. Im Stehen zog er seinen schweren Mantel mit dem Velourskragen über und bürstete seine Melone mit dem Ärmel ab.

»Bis nachher, Herr Bürgermeister. Ich werde Sie auf dem Laufenden halten. Noch einen Rat: Den Journalisten nicht zu viele Geschichten erzählen... Im Grunde genommen ist von all dem kaum etwas der Rede wert. Kommen Sie?«

Diese letzten Worte galten dem jungen Sergeanten, der den Bürgermeister ansah, als wolle er sagen:

»Entschuldigen Sie mich... Aber es ist meine Pflicht, ihm zu folgen.«

Inspektor Leroy ging um den Arzt herum, wie ein Mensch, der mit einer sperrigen Last nicht zurechtkommt.

Man sah, wie Maigret im Vorbeigehen Emma die Wange tätschelte, dann den Platz überquerte, ohne wegen der Neugier der Leute nervös zu werden.

»Geht's hier lang?«

»Ja... Man muss um das Hafenbecken herumgehen... Wir brauchen dazu eine halbe Stunde.«

Die Fischer waren durch den Zwischenfall, der sich beim Café des Hôtel de l'Amiral abgespielt hatte, weniger aus der Fassung gebracht als die Bevölkerung, und ungefähr zehn Schiffe nutzten die verhältnismäßig ruhige See und fuhren gegen den Hafenausgang, wo sie der Wind erfasste.

Der Polizist warf Maigret aufmerksame Blicke zu, wie ein Schüler, der seinem Lehrer gefallen will.

»Wissen Sie... Der Herr Bürgermeister und der Doktor spielten mindestens zweimal in der Woche gemeinsam Karten... Das muss ihm einen Schlag versetzt haben...«

»Was erzählen die Einheimischen?«

»Es kommt darauf an, wer. Die kleinen Leute, die Arbeiter, die Fischer regt das nicht sehr auf. Ja, sie freuen sich fast schon über das, was passiert. Denn der Doktor, Monsieur Le Pommeret und Monsieur Servières hatten keinen sehr guten Ruf. Es waren feine Herren, gewiss... Man wagte nicht, etwas gegen sie zu sagen... Aber sie trieben es doch ein bisschen zu weit, wenn sie alle jungen Mädchen aus den Fabriken verführten. Im Sommer, mit ihren Freunden aus Paris, war es noch schlimmer. Ständig waren sie am Trinken und randalierten in den Straßen bis zwei Uhr morgens, so als würde die Stadt ihnen gehören. Oft haben wir

Beschwerden bekommen … Besonders wegen Monsieur Le Pommeret, der keinen Rock sehen konnte, ohne dass es mit ihm durchging. Das ist ein trauriges Kapitel, aber die Fabriken sind kaum in Betrieb. Es herrscht Arbeitslosigkeit. Daher … mit Geld … alle diese Mädchen …«

»Wen also regt es dann auf?«

»Die andern! Die Bürger! Und die Geschäftsleute, die sich mit der Gruppe im Café einließen. Es war so etwas wie der Mittelpunkt der Stadt, nicht wahr? Selbst der Bürgermeister, der herkam …«

Dem Polizisten schmeichelte die Aufmerksamkeit, die Maigret ihm schenkte.

»Wo sind wir?«

»Wir haben gerade die Stadtgrenze hinter uns. Von hier ab ist die Küste fast menschenleer. Es gibt nur Felsen, Fichtenwälder und ein paar Villen, die im Sommer von Leuten aus Paris bewohnt werden … Das ist die Gegend, die wir die ›Pointe du Cabélou‹ nennen.«

»Weshalb sind Sie auf den Gedanken gekommen, hier herumzustöbern?«

»Als Sie uns, meinen Kollegen und mich, damit beauftragt haben, einen Landstreicher zu suchen, der eventuell der Besitzer des gelben Hundes sein könnte, da haben wir zunächst einmal in den alten Schiffen des Innenhafens herumgesucht. Im vergangenen Jahr ist ein Kutter abgebrannt, weil ein Tippelbruder vergessen hatte, das Feuer zu löschen, das er angezündet hatte, um sich zu wärmen.«

»Nichts gefunden?«

»Nichts … Es war mein Kollege, der sich dann an die alte Wache auf der ›Pointe du Cabélou‹ erinnerte … Wir sind gleich da... Sehen Sie dieses viereckige Gebäude aus Quadersteinen auf dem letzten Felsvorsprung? Es stammt aus derselben Epoche wie die Befestigungswälle der Altstadt... Kommen Sie hier herüber. Passen Sie auf die Abfälle auf... Vor langer Zeit lebte ein Wachtposten hier, so eine Art Leuchtturmwärter, dessen Aufgabe darin bestand, vorüberfahrende Schiffe anzuzeigen. Man sieht sehr weit und überblickt die Fahrrinne vor den Glénan-Inseln, die einzige Zufahrt zum Hafen. Aber seit etwa fünfzig Jahren ist der Posten nicht mehr besetzt.«

Maigret ging durch einen Eingang hinein, dessen Tür verschwunden war, und betrat einen Raum mit Fußboden aus gestampfter Erde. Enge Schießscharten gewährten einen Blick hinaus aufs offene Meer. Auf der anderen Seite war nur ein einziges Fenster ohne Rahmen und ohne Scheiben. Und auf den Steinwänden Inschriften, hineingeritzt mit einer Messerspitze. Auf der Erde verdrecktes Papier, zahllose Abfälle.

»Hier also hat fast fünfzehn Jahre lang ein Mann gelebt, ganz allein. Ein Schwachkopf. Eine Art Wilder. Er schlief in dieser Ecke, unempfindlich gegen die Kälte, die Feuchtigkeit und die Stürme, die Gischt durch die Schießscharten hereinschleuderten. Er war eine Attraktion. Die Pariser kamen ihn im Sommer besuchen, gaben ihm Geldstücke. Ein Postkartenverkäufer ist auf die Idee gekommen, ihn zu fotografieren und diese Porträts am Eingang zu verkaufen. Schließlich ist der Mann gestorben, während des Krieges. Niemand fiel es ein, den Ort zu säubern. Gestern kam ich auf den Gedanken, dass sich vielleicht hier jemand versteckt hält, wenn überhaupt in dieser Gegend...«

Maigret stieg eine schmale Steintreppe hinauf, die direkt in die dicke Mauer hineingebaut war, gelangte in ein Schilderhaus oder vielmehr in einen Granitturm, der nach allen vier Seiten hin offen war und von wo aus man die gesamte Region bewundern konnte.

»Das war der Wachtposten. Vor der Erfindung der Leuchttürme wurde ein Feuer auf der Terrasse entfacht... Wir sind also heute Morgen hergekommen, mein Kollege und ich. Auf Zehenspitzen haben wir uns genähert. Unten, genau dort, wo früher der Verrückte schlief, haben wir einen Mann gesehen, der schnarchte. Ein Hüne. Man hörte aus fünfzehn Meter Entfernung, wie er atmete. Uns ist es gelungen, ihm die Handschellen anzulegen, bevor er wach wurde.«

Sie waren wieder in das viereckige Zimmer hinuntergestiegen, in dem wegen der Zugluft eine eisige Kälte herrschte.

»Hat er sich gewehrt?«

»Noch nicht einmal! Mein Kollege hat seine Papiere verlangt, und er hat keine Anwort gegeben. Sie haben ihn nicht sehen können. Er ist stärker als wir beide zusammen. Deshalb habe ich meinen Revolvergriff nicht losgelassen. Und Hände!... Ihre sind schon groß, nicht wahr?... Nun, versuchen Sie mal, sich Hände vorzustellen, die doppelt so groß sind, mit Tätowierungen drauf...«

»Haben Sie erkannt, was sie darstellten?«

»Ich habe bloß einen Anker gesehen, auf der linken Hand, und die Buchstaben ›S. S.‹ zu beiden Seiten. Aber es hatte komplizierte Zeichnungen... Vielleicht eine Schlange? Was am Boden lag, haben wir nicht angerührt. Sehen Sie bloß!«

Von allem etwas: Flaschen von gutem Wein und teuren Spirituosen, leere Konservendosen und ungefähr zwanzig Dosen, die noch nicht angebrochen waren.

Und es gab noch Besseres: die Asche eines Feuers, das mitten im Raum gebrannt hatte, und dicht daneben der abgenagte Knochen einer Hammelkeule. Brotkanten. Einige Fischgräten. Eine Kammmuschel und Hummerzangen.

»Ein richtiges Festessen, was!«, rief der junge Polizist begeistert, der wohl noch nie einen solchen Schmaus mitgemacht hatte. »Das hat uns die Beschwerden, die wir in letzter Zeit erhalten haben, erklärt. Wir haben nicht weiter darauf geachtet, da es sich nicht um schwerwiegende Angelegenheiten handelte … Ein Sechspfünder, der einem Bäcker gestohlen wurde. Ein Korb Wittlinge, der von einem Fischkutter verschwand … Der Lagerverwalter von Prunier behauptete, dass ihm nachts Hummer geklaut würden.«

Maigret stellte eine sonderbare Kopfrechnung an, denn er versuchte herauszubekommen, in wie vielen Tagen ein Mann mit gutem Appetit all das hatte verschlingen können, was hier verzehrt worden war.

»Eine Woche«, murmelte er. »Ja … Die Hammelkeule mitgerechnet …«

Plötzlich fragte er:

»Und der Hund?«

»Eben! Wir haben ihn nicht wiedergesehen. Zwar gibt es Spuren von Pfoten auf dem Boden, aber das Tier haben wir nicht zu Gesicht bekommen … Wissen Sie, der Bürgermeister muss ganz außer sich sein, wegen des Doktors … Es würde mich wundern, wenn er nicht nach Paris telegrafiert, wie er angekündigt hat …«

»War Ihr Mann bewaffnet?«

»Nein! Ich habe ihm höchstpersönlich die Taschen durchsucht, während mein Kollege Piedbœuf, der die Handschellen hielt, mit der anderen Hand auf ihn zielte. In einer Hosentasche steckten geröstete Kastanien ... Vier oder fünf. Die stammen wohl von dem Karren, der Samstag und Sonntag abends vor dem Kino steht. Dann noch ein paar Geldstücke. Keine zehn Franc. Ein Messer, aber kein gefährliches. So eins, wie es die Fischer zum Brotschneiden verwenden.«

»Er hat kein Wort gesagt?«

»Kein einziges. Deshalb haben wir gedacht, mein Kollege und ich, dass es ein Schwachkopf sei, wie der ehemalige Bewohner. Er betrachtete uns wie ein Gorilla. Sein Bart war eine Woche alt, und im Mund hatte er zwei abgebrochene Zähne.«

»Seine Kleidung?«

»Ich könnte es Ihnen nicht sagen. Ein alter Anzug ... Ich weiß nicht einmal mehr, ob er darunter ein Hemd oder einen Pullover trug. Er ist uns brav gefolgt. Wir waren stolz auf unseren Fang. Zehnmal hätte er davonlaufen können, bevor wir in der Stadt eintrafen. Und so waren wir völlig arglos, als er mit einem Ruck die Ketten der Handschellen sprengte. Ich habe geglaubt, meine rechte Hand sei abgerissen! Man sieht den Abdruck der Handschellen immer noch. Was Doktor Michoux anbelangt ...«

»Ja?«

»Sie wissen, dass seine Mutter heute oder morgen zurückkommen soll. Sie ist die Witwe eines Abgeordneten. Es heißt, dass sie einen langen Arm hat. Und sie ist mit der Frau des Bürgermeisters befreundet ...«

Maigret sah durch die Schießscharten hindurch auf den grauen Atlantik hinaus. Kleine Segelboote schifften zwischen der Pointe du Cabélou und einem Riff hindurch, das man wegen der Brandung erahnte, wendeten dann und begannen ihre Netze in einer Entfernung von weniger als einer Meile auszuwerfen.

»Glauben Sie tatsächlich, dass der Doktor selbst …?«

»Gehen wir!«, sagte der Kommissar.

Die Flut stieg. Als sie hinausgingen, begann das Wasser schon an der Plattform zu lecken. Hundert Meter vor ihnen hüpfte ein Junge von Fels zu Fels, auf der Suche nach den Reusen, die er in den Vertiefungen aufgestellt hatte. Der junge Polizist konnte nicht den Mund halten.

»Das Seltsamste ist, dass man Monsieur Mostaguen angegriffen hat, den besten Menschen von Concarneau. Er sollte sogar Departementsrat werden. Allem Anschein nach ist er gerettet, aber die Kugel hat nicht entfernt werden können. So wird er zeit seines Lebens ein Stück Blei im Bauch mit sich herumtragen! Wenn man überlegt, dass ohne diesen Einfall, sich eine Zigarre anzuzünden …«

Sie gingen nicht um das Hafenbecken herum, sondern überquerten einen Teil des Hafens mit der Fähre, die im Pendelverkehr zwischen der Hafeneinfahrt und der Altstadt hin- und herschipperte.

Unweit der Stelle, wo sich am Abend zuvor junge Kerle mit Steinen über den gelben Hund hergemacht hatten, erblickte Maigret eine Mauer, einen monumentalen Eingang, darüber eine Fahne und die Worte: »Gendarmerie Nationale«.

Er überquerte den Hof eines Gebäudes, das aus der Zeit

von Colbert stammte. In einem Büro diskutierte Inspektor Leroy mit einem Wachtmeister der Gendarmerie.

»Der Doktor?«, fragte Maigret.

»Eben! Der Wachtmeister wollte das Essen auf keinen Fall von außerhalb kommen lassen …«

»Wenn, dann nur auf Ihre Verantwortung!«, sagte der Wachtmeister zu Maigret. »Und ich werde eine Bescheinigung von Ihnen verlangen, um mich abzusichern.«

Im Hof war es still wie in einem Kloster. Ein Brunnen plätscherte mit einem herrlichen Gluckern.

»Wo ist er?«

»Dort unten, rechts. Sie müssen die Tür aufstoßen, dann ist es die zweite Tür auf dem Flur. Soll ich Ihnen öffnen? Der Bürgermeister hat angerufen und geraten, den Häftling so rücksichtsvoll wie möglich zu behandeln …«

Maigret kratzte sich am Kinn. Inspektor Leroy und der Polizist, die beinahe gleich alt waren, betrachteten ihn mit derselben verstohlenen Neugier.

Einige Augenblicke später betrat der Kommissar allein eine Zelle mit weißgekalkten Wänden, die nicht trostloser war als eine Kasernenstube.

Michoux, vor einem kleinen Tisch aus weißem Holz sitzend, erhob sich bei seinem Eintreten, zögerte einen Moment, schaute weg und begann:

»Ich nehme an, Kommissar, dass Sie diese Komödie nur deshalb inszeniert haben, um ein weiteres Drama zu verhüten und mich in Sicherheit vor … den Attentaten des …«

Maigret stellte fest, dass man ihm weder seine Hosenträger noch sein Halstuch noch seine Schnürsenkel weggenommen hatte, wie es Vorschrift war. Mit der Fußspitze zog er sich einen Stuhl heran, nahm Platz, stopfte sich eine Pfeife und murmelte gutmütig:

»Allerdings … Aber nehmen Sie ruhig Platz, Doktor!«

6

Ein Feigling

Sind Sie abergläubisch, Kommissar?«

Maigret, rittlings auf seinem Stuhl, die Ellbogen auf der Lehne, verzog das Gesicht, was alles nur Erdenkliche bedeuten konnte. Der Arzt hatte nicht Platz genommen.

»Ich glaube, dass wir es eigentlich alle irgendwann einmal sind, oder wenn Ihnen das lieber ist, wir werden es genau dann, wenn man es auf uns abgesehen hat…«

Er hustete in sein Taschentuch, das er mit Sorge betrachtete, und fuhr fort:

»Vor einer Woche noch hätte ich Ihnen gesagt, dass ich nicht an Wahrsagerei glaube… Und dennoch! Es ist vielleicht fünf Jahre her… Gemeinsam mit einigen Freunden aß ich bei einer Schauspielerin aus Paris zu Abend. Beim Kaffee schlug irgendjemand vor, Karten zu legen. Nun, wissen Sie, was mir prophezeit wurde? Glauben Sie mir, ich habe gelacht! Ich habe erst recht gelacht, weil es sich vom üblichen Klischee abhob: blonde Dame, älterer Herr, der es gut mit Ihnen meint, Brief, der von weit her kommt usw.

Mir dagegen wurde gesagt: ›Sie werden eines grässlichen Todes sterben, eines gewaltsamen Todes… Hüten Sie sich vor gelben Hunden.‹«

Ernest Michoux hatte den Kommissar noch immer nicht angeschaut und heftete nun für einen Moment seinen Blick auf ihn. Maigret war gelassen. Er wirkte riesig auf seinem Stühlchen und war geradezu ein Denkmal der Gelassenheit.

»Erstaunt Sie das gar nicht? Jahrelang habe ich nie wieder von einem gelben Hund reden hören... Am Freitag geschieht ein Verbrechen. Einer meiner Freunde fällt ihm zum Opfer. Ich hätte ebenso wie er in diesem Eingang Schutz suchen und von der Kugel getroffen werden können... Und da taucht auf einmal ein gelber Hund auf!

Ein weiterer Freund verschwindet unter unerhörten Umständen. Und der gelbe Hund streift weiter umher!

Gestern war Le Pommeret an der Reihe. Wieder der gelbe Hund! Und da verlangen Sie, dass mich das nicht mitnimmt?«

Er hatte noch nie so viel in einem Atemzug gesagt, und wie er so redete, gewann er wieder Haltung. Die ganze Aufmunterung des Kommissars bestand aus einem:

»Sicher... Sicher...«

»Ist das nicht beunruhigend? Mir wird klar, dass ich Ihnen wie ein Feigling vorgekommen sein muss. Nun ja! Ich habe Angst gehabt. Eine unbestimmte Angst, die mir vom ersten Verbrechen an die Kehle zugeschnürt hat, besonders als von einem gelben Hund die Rede war.«

Er durchmaß die Zelle mit kleinen Schritten und schaute dabei zu Boden. Sein Gesicht belebte sich.

»Um ein Haar hätte ich Sie um Ihren Schutz gebeten, aber ich habe befürchtet, dass Sie lächeln würden... Noch mehr habe ich Ihre Verachtung gefürchtet. Denn starke Männer verachten Feiglinge.«

Seine Stimme bekam etwas Spitzes.

»Und ich gebe es ja zu, Kommissar, ich bin ein Feigling! Schon seit vier Tagen habe ich Angst, seit vier Tagen werde ich von Angst gequält. Das ist doch nicht meine Schuld! Ich habe lange genug Medizin studiert, um mir über meinen Fall völlig klar zu sein.

Als ich geboren wurde, musste ich in einen Brutkasten gelegt werden. In meiner Kindheit habe ich keine Kinderkrankheit ausgelassen.

Und als der Krieg ausgebrochen ist, haben mich Ärzte, die fünfhundert Mann täglich untersuchten, für tauglich erklärt und an die Front geschickt. Dabei hatte ich nicht nur eine schwache Lunge mit Vernarbungen von früheren Erkrankungen her, sondern mir war außerdem zwei Jahre zuvor eine Niere entfernt worden.

Ich habe Angst gehabt! Angst zum Verrücktwerden! Sanitäter haben mich hervorgeholt, als ich bei der Explosion einer Granate in einem Bombentrichter begraben wurde. Und da hat man endlich festgestellt, dass ich für den Militärdienst untauglich war.

Was ich Ihnen erzähle, ist nicht unbedingt amüsant. Aber ich habe Sie beobachtet. Ich habe den Eindruck, dass Sie in der Lage sind, zu verstehen.

Diese Verachtung der Starken für die Feiglinge, das ist einfach … Über die tieferen Ursachen der Feigheit sollte man sich jedoch Gedanken machen.

Sehen Sie mal! Ich habe begriffen, dass Sie für unsere Runde im Café des Hôtel de l'Amiral keine Sympathie hegten. Man hat Ihnen erzählt, dass ich mich mit dem Verkauf von Grundstücken beschäftige – als Sohn eines ehemaligen Abgeordneten, als Doktor der Medizin … Und diese Abende um einen Tisch eines Cafés herum, zusammen mit anderen Versagern.

Aber was hätte ich machen können? Meine Eltern gaben viel Geld aus, obwohl sie nicht reich waren. Das ist in Paris keine Seltenheit. Ich bin im Luxus aufgewachsen, in den großen Thermalbädern… Dann stirbt mein Vater, und meine Mutter beginnt an der Börse zu spekulieren, zu intrigieren, noch immer die Dame von Welt wie zuvor, noch immer genauso stolz, jedoch bedrängt von Gläubigern.

Ich habe ihr geholfen! Das war alles, wozu ich in der Lage war! Diese Baugrundstücke, nichts Großartiges. Und dieses Leben hier… Die Notabeln! Aber mit etwas Unsolidem…

Seit drei Tagen beobachten Sie mich, und ich möchte gern ein offenes Wort mit Ihnen reden… Ich bin verheiratet gewesen. Meine Frau hat die Scheidung eingereicht, weil sie einen Mann wollte, der höher hinauswollte als ich.

Eine Niere weniger… Drei oder vier Tage in der Woche schleppe ich mich krank und schlapp von meinem Bett zu einem Sessel.«

Erschöpft setzte er sich.

»Emma wird Ihnen erzählt haben, dass ich ihr Geliebter war… Blöd, nicht wahr? Doch hin und wieder braucht man eine Frau. So etwas erklärt man nicht jedem…

Im Café des Hotels wäre ich zu guter Letzt vielleicht noch übergeschnappt – der gelbe Hund, Servières verschwunden, die Blutflecken in seinem Wagen… Und vor allem dieser hässliche Tod von Le Pommeret.

Weswegen er? Weswegen nicht ich? Zwei Stunden zuvor

saßen wir zusammen am selben Tisch, vor denselben Gläsern. Und ich hatte das dunkle Gefühl, dass ich an der Reihe wäre, wenn ich das Haus verließe. Dann habe ich gespürt, wie der Kreis enger wurde, dass ich selbst im Hotel, selbst eingeschlossen in meinem Zimmer, der Gefahr ausgesetzt war.

Freude durchfuhr mich, als ich sah, wie Sie meinen Haftbefehl unterschrieben haben… Und doch…«

Er blickte auf die Wände rings um ihn, auf das Fenster mit den drei Gitterstäben, das zum Hof hinaus lag.

»Ich muss meine Pritsche in diese Ecke rücken… Wieso, ja, wieso hat man mir vor fünf Jahren etwas von einem gelben Hund erzählen können, wo doch dieser Hund da bestimmt noch nicht geboren war? Ich habe Angst, Kommissar! Ich sage es Ihnen ins Gesicht, dass ich Angst habe! Es ist mir gleich, was die Leute denken werden, wenn sie erfahren, dass ich im Gefängnis sitze. Sterben, das will ich nicht! Und irgendjemand lauert mir auf, irgendjemand, den ich nicht kenne, der Le Pommeret umgebracht hat, der mit Sicherheit Goyard umgebracht hat, der auf Mostaguen geschossen hat… Weswegen? Sagen Sie es mir! Weswegen? Womöglich ein Wahnsinniger… Und man hat ihn noch nicht zur Strecke bringen können! Er ist auf freiem Fuß! Er schleicht vielleicht um uns herum. Er weiß, dass ich hier bin. Er wird herkommen mit seinem entsetzlichen Hund, der den Blick eines Menschen hat…«

Maigret erhob sich langsam, klopfte seine Pfeife gegen seinen Absatz. Und der Doktor wiederholte mit jämmerlicher Stimme:

»Ich weiß, dass ich Ihnen wie ein Feigling vorkomme…

Aber glauben Sie mir! Ich bin sicher, dass ich heute Nacht wegen meiner Niere Höllenqualen ausstehen werde.«

Maigret stand da wie das Gegenstück des Häftlings, der Erregung, des Fiebers, der Krankheit, wie das Gegenstück dieser krankhaften und widerwärtigen Angst.

»Soll ich Ihnen einen Arzt kommen lassen?«

»Nein! Wenn ich wüsste, dass jemand käme, so hätte ich noch größere Angst. Ich würde mich darauf gefasst machen, dass *er* käme, der Mann mit dem Hund, der Wahnsinnige, der Mörder.«

Es hätte nicht viel gefehlt, und er hätte mit den Zähnen geklappert.

»Meinen Sie, dass Sie ihn festnehmen oder wie ein tollwütiges Tier zur Strecke bringen werden? Denn er ist tollwütig! Man tötet nicht einfach so, ohne Grund…«

Noch ein paar Minuten, und der Nervenzusammenbruch wäre da. Maigret zog es vor zu gehen, während der Häftling ihm mit den Blicken folgte, den Kopf zwischen den Schultern eingezogen, die Lider gerötet.

»Haben Sie mich verstanden, Wachtmeister? Niemand außer Ihnen betritt seine Zelle, und Sie bringen ihm höchstpersönlich das Essen und alles, was er möchte. Aber nichts herumliegen lassen, was er als Waffe verwenden könnte, um Selbstmord zu begehen. Nehmen Sie ihm seine Schnürsenkel ab, seine Krawatte. Der Hof soll Tag und Nacht bewacht werden. Nehmen Sie Rücksicht, sehr viel Rücksicht.«

»So ein feiner Herr!«, seufzte der Wachtmeister. »Glauben Sie, dass er…?«

»Das nächste Opfer ist, ja! Sie bürgen mir für sein Leben!«

Und Maigret ging davon, die enge Straße entlang, durch die Wasserpfützen watend. Die ganze Stadt kannte ihn schon. Die Gardinen bewegten sich, wenn er vorüberging. Die Jungen hörten auf zu spielen, um ihn mit ängstlichem Respekt anzusehen.

Auf der Zugbrücke, die die Altstadt mit der Neustadt verband, traf er Inspektor Leroy, der ihn suchte.

»Was Neues? Man hat doch nicht etwa meinen Gorilla dingfest gemacht?«

»Welchen Gorilla?«

»Den Mann mit den großen Füßen.«

»Nein! Der Bürgermeister hat mir Befehl erteilt, die Fahndung einzustellen, weil sie die Bevölkerung aufregen würde. An den strategisch wichtigen Stellen hat er ein paar Gendarmen auf Posten gelassen…

Aber ich will Sie nicht deswegen sprechen, sondern wegen des Journalisten, Goyard, genannt Jean Servières. Ein Vertreter, der ihn kennt und der gerade hier angekommen ist, behauptet, ihn gestern in Brest gesehen zu haben. Goyard habe so getan, als ob er ihn nicht kenne, und den Kopf abgewandt.«

Der Inspektor wunderte sich über die Gelassenheit, mit der Maigret diese Neuigkeit aufnahm.

»Der Bürgermeister ist davon überzeugt, dass der Vertreter sich getäuscht hat. Kleine dicke Männer gibt es in jeder Stadt… Und wissen Sie, was ich ihn zu seinem Stellvertreter habe sagen hören, halblaut, vielleicht in der Hoffnung, dass ich es höre?

Wörtlich:

›Sie werden sehen, wie sich der Kommissar auf diese falsche Spur stürzen, nach Brest fahren und es uns überlassen wird, mit dem richtigen Mörder fertig zu werden!‹«

Maigret ging schweigend etwa zwanzig Schritte weiter. Auf dem Platz wurden die Marktbuden abgebaut.

»Beinahe hätte ich ihm geantwortet, dass…«

»Dass was?«

Leroy wurde rot, wandte den Kopf ab.

»Eben! Ich weiß nicht… Auch ich habe den Eindruck gehabt, dass Sie der Festnahme des Vagabunden keine große Bedeutung beimessen…«

»Wie geht es Mostaguen?«

»Besser. Er kann sich den Angriff, dessen Opfer er war, nicht erklären. Er hat seine Frau um Verzeihung gebeten. Um Verzeihung, dass er so lange im Café geblieben ist! Um Verzeihung, dass er sich halb betrunken hat! Unter Tränen hat er geschworen, nie mehr einen Tropfen Alkohol anzurühren.«

Maigret war gegenüber dem Hafen stehen geblieben, fünfzig Meter vom Hôtel de l'Amiral entfernt. Boote kehrten heim, ließen beim Umschiffen der Mole ihr braunes Segel fallen, wurden langsam mit dem Wrickruder vorangetrieben.

Die Ebbe legte am Fuß der Mauern der Altstadt Schlickbänke frei, auf denen alte Töpfe und Unrat lagen.

Hinter dem einförmigen Wolkengewölbe ahnte man die Sonne.

»Ihr Eindruck, Leroy?«

Der Inspektor geriet noch mehr in Verwirrung.

»Ich weiß nicht… Ich meine, wenn wir den Mann hätten… Denken Sie doch nur daran, dass der gelbe Hund erneut verschwunden ist. Was hat er in der Villa des Doktors zu suchen gehabt? Es musste dort Gifte geben. Daraus folgere ich…«

»Ja, natürlich! Ich allerdings, ich folgere nie…«

»Dennoch würde ich den Vagabunden gern aus der Nähe sehen. Die Fußstapfen beweisen, dass er ein Hüne ist…«

»Genau!«

»Was wollen Sie damit sagen?«

»Nichts.«

Maigret rührte sich nicht; er schien fasziniert vom Anblick des kleinen Hafens, der ›Pointe du Cabélou‹ links, mit dem Fichtenwäldchen und den Felsvorsprüngen, der rot-schwarz gestreiften Bake, den scharlachroten Bojen, welche die Fahrrinne zu den Glénan-Inseln anzeigten, die durch das Grau-in-Grau nicht zu erkennen waren.

Der Inspektor hatte noch etliches zu erzählen.

»Ich habe mit Paris telefoniert, um über Goyard Auskunft zu erhalten, der lange Zeit dort gelebt hat.«

Maigret betrachtete ihn mit wohlwollender Ironie, und Leroy, empfindlich getroffen, sagte sehr schnell herunter:

»Die Auskünfte sind sehr gut oder auch sehr schlecht… Ich habe einen ehemaligen Wachtmeister vom Rauschgiftdezernat an der Strippe gehabt, der ihn persönlich gekannt hat. Allem Anschein nach hat er sich lange Zeit am Rande des Journalismus bewegt. Zuerst als Lokalberichterstatter, dann als Generalsekretär eines kleinen Theaters, dann als Direktor eines Cabarets auf dem Montmartre… Zwei Pleiten. Zwei Jahre als Chefredakteur eines Provinzblattes in

Nevers, glaube ich. Dann schließlich übernahm er die Leitung eines Nachtlokals.

›Einer, der schwimmen kann.‹ Das sind die Worte des Wachtmeisters. Allerdings hat er hinzugefügt: ›Ein guter Kerl; als ihm klargeworden ist, dass er letzten Endes entweder sein bisschen Vermögen durchbringen oder Ärger bekommen würde, hat er es vorgezogen, wieder in die Provinz einzutauchen.‹«

»Na und?«

»Ich frage mich, weswegen er diesen Anschlag fingiert hat. Ich habe mir nämlich den Wagen noch einmal angesehen. Es gibt Blutspuren, echte. Aber wenn er angegriffen worden ist, weshalb gibt er kein Lebenszeichen, wo er doch nun in Brest herumläuft?«

»Sehr gut!«

Der Inspektor sah Maigret scharf an, um herauszufinden, ob dieser sich nicht lustig mache. Aber keineswegs! Der Kommissar war ernst, den Blick auf einen Fleck Sonne geheftet, der sich weit draußen auf dem Meer abzeichnete.

»Was Le Pommeret anbelangt …«

»Haben Sie Hinweise?«

»Sein Bruder ist zum Hotel gekommen, um Sie zu sprechen. Er hatte keine Zeit zu warten. Er hat kein gutes Haar an dem Ermordeten gelassen. Seiner Meinung nach war er sehr schlimm: ein Faulenzer … Zwei Leidenschaften: die Frauen und die Jagd … Dann noch die üble Angewohnheit, Schulden zu machen und den großen Herrn hervorzukehren. Eine Einzelheit von Hunderten. Der Bruder, der wohl der größte Unternehmer am Platze ist, hat mir erklärt:

›Ich gebe mich damit zufrieden, meine Kleidung in Brest

einzukaufen. Sie ist dort zwar nicht sehr fein, aber solide und bequem. Yves ließ seine Kleider in Paris in Auftrag geben. Und er brauchte Schuhe, die das Zeichen eines großen Schuhfabrikanten trugen! Nicht einmal meine Frau trägt maßgearbeitetes Schuhwerk.‹«

»Zum Piepen!«, sagte Maigret zur großen Bestürzung, wenn nicht gar zur Entrüstung seines Kollegen.

»Wieso?«

»Köstlich, wenn Ihnen das lieber ist! Wir tauchen ja, wie Sie vorhin gesagt haben, mit einem Hechtsprung ins Provinzleben ein! Es ist zu schön! Ob Le Pommeret Konfektionsschuhe oder Schuhe nach Maß trug – das hört sich unwesentlich an. Aber, ob Sie mir glauben oder nicht, genau das ist der Kern des Dramas. Gehen wir einen Aperitif trinken, Leroy! So wie diese Leute … im Hôtel de l'Amiral!«

Noch einmal musterte der Inspektor seinen Chef und fragte sich, ob er ihn nicht doch auf die Schippe nahm. Dabei hatte er sich ein großes Lob erhofft für seinen Fleiß und seinen Einsatz an diesem Vormittag.

Und Maigret schien das alles nicht ernst zu nehmen! Es spielte sich die gleiche Szene ab, wie wenn ein Lehrer den Klassenraum betritt, wo die Schüler am Schwatzen sind. Die Gespräche verstummten. Die Journalisten stürzten dem Kommissar entgegen.

»Kann die Verhaftung des Doktors bekanntgemacht werden? Hat er ein Geständnis abgelegt?«

»Von wegen!«

Maigret trieb sie mit einer Geste auseinander und sagte zu Emma: »Zwei Pernod, mein Kleines.«

»Aber schließlich haben Sie doch Monsieur Michoux festgenommen …«

»Wollen Sie die Wahrheit wissen?«

Schon hatten sie ihre Notizblöcke zur Hand. Sie warteten, mit gezücktem Federhalter.

»Nun denn, es gibt noch keine Wahrheit. Vielleicht wird es eines Tages eine geben. Vielleicht auch nicht.«

»Es wird behauptet, dass Jean Goyard …«

»Am Leben ist! Umso besser für ihn!«

»Aber es gibt doch einen Mann, der sich versteckt, nach dem man vergebens fahndet …«

»Was die Unterlegenheit des Jägers gegenüber dem Wild beweist!«

Und leise sagte Maigret, wobei er Emma am Ärmel festhielt:

»Serviere mir mein Abendessen auf meinem Zimmer.«

In einem Zug trank er seinen Aperitif und stand auf.

»Einen guten Rat, Messieurs: Keine voreiligen Schlüsse! Und vor allem keine Rückschlüsse.«

»Und der Schuldige?«

Er zuckte mit seinen breiten Schultern und hauchte:

»Wer weiß?«

Er war schon am Fuß der Treppe. Inspektor Leroy warf ihm einen fragenden Blick zu.

»Nein, mein Lieber. Essen Sie am Gästetisch. Ich muss mich ausruhen.«

Man hörte ihn schleppenden Schrittes die Treppenstufen hinaufsteigen. Zehn Minuten später ging auch Emma mit einer Platte hinauf, auf welcher eine Vorspeise angerichtet war.

Sodann sah man, wie sie eine Kammmuschel, Kalbsbraten und Spinat hinaufbrachte.

Das Gespräch im Speisesaal schlief ein. Einer der Journalisten wurde ans Telefon gerufen und erklärte:

»Gegen vier Uhr, ja! Ich hoffe, Ihnen einen Sensationsbericht übermitteln zu können... Jetzt noch nicht!... Man muss abwarten...«

Ganz allein am Tisch aß Leroy mit den Manieren eines wohlerzogenen Jungen, wischte sich fortwährend mit der Ecke seiner Serviette die Lippen ab.

Die Leute vom Markt beobachteten die Fassade des Cafés in der dunklen Hoffnung, dass dort etwas geschehe.

Ein Gendarm stand angelehnt an der Ecke des Gässchens, durch welches der Vagabund verschwunden war.

»Der Herr Bürgermeister verlangt Kommissar Maigret am Telefon!«

Leroy wurde unruhig und beauftragte Emma:

»Gehen Sie nach oben, um ihn zu benachrichtigen.«

Aber das Serviermädchen kam wieder und verkündete:

»Er ist weg!«

Der Inspektor rannte die Treppe hinauf, wobei er drei Stufen auf einmal nahm, kam kreidebleich zurück und griff nach dem Hörer: »Hallo!... Ja, Herr Bürgermeister!... Ich weiß nicht... Ich bin sehr beunruhigt... Der Kommissar ist nicht mehr da... Hallo!... Nein! Ich kann Ihnen nichts weiter sagen... Er hat auf seinem Zimmer zu Abend gegessen... Ich habe ihn nicht herunterkommen sehen... Ich... ich werde Sie gleich wieder anrufen...«

Und Leroy, der seine Serviette nicht losgelassen hatte, benutzte sie, um sich damit die Stirn abzuwischen.

7

Das Pärchen im Kerzenschein

Erst eine halbe Stunde später ging der Inspektor in sein eigenes Zimmer hinauf. Auf dem Tisch fand er einen Zettel, auf welchem in Morseschrift geschrieben stand:

Steigen Sie heute Abend um elf Uhr unbemerkt aufs Dach. Ich werde Sie dort erwarten. Keinen Mucks. Kommen Sie bewaffnet. Sagen Sie, ich sei nach Brest abgereist und hätte Sie von dort aus angerufen. Verlassen Sie das Hotel nicht.

Maigret

Kurz vor elf zog Leroy seine Schuhe aus, legte Filzpantoffeln an, die er eigens für dieses Unternehmen, das ihn nicht unbeeindruckt ließ, am Nachmittag gekauft hatte.

Vom zweiten Stock aus gab es keine Treppe mehr, aber eine feststehende Leiter, die an einer Klappe in der Decke endete und auf einen Dachboden führte, wo es wegen der Zugluft eisig kalt war und wo der Inspektor es wagte, ein Streichholz zu entfachen.

Wenige Augenblicke später durchstieg er die Dachluke, traute sich jedoch nicht gleich, auf das Sims hinauszuklettern. Alles war kalt. Seine Finger, die die Zinkplatten berührten, wurden steif. Und Leroy hatte sich nicht mit einem Mantel belasten wollen.

Als seine Augen sich an die Finsternis gewöhnt hatten, glaubte er eine dunkle, gedrungene Masse zu erkennen, wie ein riesiges Tier auf der Lauer. Seine Nase nahm einen vertrauten Pfeifengeruch wahr. Er pfiff leise.

Einen Augenblick später kauerte er neben Maigret auf dem Sims. Weder das Meer noch die Stadt waren zu erkennen. Man befand sich auf der vom Quai abgewandten Seite des Dachs, am Rande eines schwarzen Grabens, der nichts weiter war als die berüchtigte Gasse, durch welche der Vagabund mit den großen Füßen entkommen war.

Die Dächer ringsherum waren unterschiedlich hoch. Es gab sehr tief liegende Dächer und auch solche, die sich in Höhe der beiden Männer befanden. Da und dort drang Licht aus den Fenstern. Bei manchen waren die Vorhänge zugezogen, auf denen regelrechte chinesische Schattenspiele aufgeführt wurden. In einem ziemlich weit entfernten Zimmer wusch eine Frau einen Säugling in einem Emailbecken.

Die Masse des Kommissars setzte sich in Bewegung, begann vielmehr zu kriechen, bis Maigret den Mund am Ohr seines Begleiters hatte.

»Vorsicht! Keine hastigen Bewegungen. Das Sims ist nicht stabil, und unter uns verläuft eine Regenrinne, die nur darauf wartet, mit Gepolter hinabzustürzen… Was machen die Journalisten?«

»Sie sind unten, außer einem, der Sie in Brest sucht, davon überzeugt, dass Sie Goyard auf der Spur sind.«

»Emma?«

»Keine Ahnung. Ich habe nicht auf sie geachtet. Sie hat mir nach dem Abendessen den Kaffee serviert.«

Es war verwirrend, auf diese Weise, ohne dass irgendjemand davon wusste, auf einem Haus voller Leben zu sitzen, voller Leute, die in beheizten und beleuchteten Räumen umhergingen, ohne flüstern zu müssen.

»Gut. Drehen Sie sich sachte zu diesem Haus um, das zu verkaufen ist. Langsam!«

Es war das zweite Haus rechts, eines der wenigen, die gleich hoch wie das Hotel waren. Es lag in völliger Dunkelheit da, und dennoch kam es dem Inspektor so vor, als spiegle sich ein Lichtschimmer in einer Fensterscheibe im zweiten Stock, hinter der keine Gardinen hingen.

Nach und nach stellte er fest, dass es sich nicht um einen Widerschein handelte, der von draußen kam, sondern um ein schwaches Licht im Innern. Je länger er denselben Punkt im Raum anstarrte, desto deutlicher nahmen dort Dinge Gestalt an.

Ein gebohnerter Fußboden … Eine halb niedergebrannte Kerze, umgeben von einem Lichthof.

»Er ist da«, sagte er auf einmal, und seine Stimme wurde unwillkürlich lauter.

»Pst! Ja …«

Jemand lag auf dem bloßen Fußboden, zur Hälfte in dem von der Kerze beleuchteten Bereich, zur anderen Hälfte im Halbdunkel. Ein riesiger Schuh war zu sehen, ein breiter Oberkörper in einem Seemannspullover.

Leroy wusste, dass sich ein Gendarm am Ende der Gasse befand, ein weiterer auf dem Platz, und noch einer ging auf dem Quai auf und ab.

»Wollen Sie ihn festnehmen?«

»Ich weiß nicht. Er schläft schon seit drei Stunden.«

»Ist er bewaffnet?«

»Heute Morgen war er es nicht…«

Die Silben, die gesprochen wurden, waren kaum zu erraten. Es war ein undeutliches Geraune, das im Hauch der Atemstöße unterging.

»Worauf warten wir?«

»Ich weiß nicht… Ich möchte wissen, weshalb er eine Kerze angezündet hat, wo man ihm doch nachstellt und er schläft… Achtung!«

Ein gelbes Viereck war soeben auf einer Mauer erschienen.

»Jemand hat gerade in Emmas Zimmer Licht gemacht, unter uns. Es ist der Widerschein.«

»Haben Sie nicht zu Abend gegessen, Kommissar?«

»Ich hatte mir Brot und Wurst mitgenommen. Ist Ihnen nicht kalt?«

Sie froren alle beide. In regelmäßigen Abständen sahen sie den Lichtstrahl des Leuchtturms über den Himmel streichen.

»Sie hat es ausgemacht.«

»Ja. Pst!«

Fünf Minuten Stille, eintöniges Warten. Dann suchte die Hand von Leroy diejenige Maigrets, drückte sie vielsagend.

»Unten…«

»Ich hab's gesehen…«

Ein Schatten auf der mit Kalk verputzten Mauer, die den Garten des unbewohnten Hauses von der Gasse trennte.

»Sie geht zu ihm«, flüsterte Leroy, der nicht den Mund halten konnte.

Der Mann oben schlief immer noch bei seiner Kerze. Im Garten raschelte ein Johannisbeerstrauch. Eine Katze suchte auf einer Dachrinne das Weite.

»Haben Sie vielleicht ein Luntenfeuerzeug?«

Maigret wagte es nicht, seine Pfeife wieder anzuzünden. Er zögerte lange. Schließlich ließ er sich mit der Jacke seines Begleiters abschirmen und entfachte rasch ein Streichholz, während der Inspektor erneut den warmen Tabakgeruch einsog.

»Sehen Sie mal!«

Sie sagten nichts mehr. Der Mann erhob sich mit einer so plötzlichen Bewegung, dass er um ein Haar die Kerze umgestoßen hätte. Er wich in den Schatten zurück, während sich die Tür öffnete und Emma im Licht auftauchte, zögernd, so jämmerlich, dass sie wie eine Schuldige wirkte.

Sie hielt etwas unter dem Arm: eine Flasche und ein Bündel, das sie auf den Boden abstellte. Das Papier ging teilweise auf, ließ ein gebratenes Hähnchen sichtbar werden.

Sie redete. Ihre Lippen bewegten sich. Sie sprach nur wenige Worte, bescheiden, traurig. Ihr Gesprächspartner aber war für die Polizisten nicht zu sehen.

Weinte sie nicht? Sie trug ihr schwarzes Servierkleid, ihre bretonische Trachtenhaube. Nur ihre weiße Schürze hatte sie abgelegt, wodurch ihre Haltung noch gekrümmter schien als gewöhnlich.

Ja! Sie musste wohl weinen beim Reden… Stockend sagte sie ein paar Worte. Und der Beweis war, dass sie sich plötzlich gegen die Türverkleidung lehnte und ihr Gesicht im angewinkelten Arm verbarg. Ihr Rücken hob sich in unregelmäßigem Rhythmus.

Als der Mann wieder auftauchte, verdunkelte er fast das gesamte Rechteck des Fensters, gab dann die Sicht frei, indem er in den Hintergrund des Raumes ging. Seine große Hand fiel auf die Schulter des Mädchens nieder und versetzte ihr einen solchen Stoß, dass sie eine ganze Kehrtwendung machte, beinahe hingefallen wäre und ihr jämmerlich bleiches Gesicht mit Lippen, die vom Schluchzen geschwollen waren, sichtbar wurde.

All das war jedoch so undeutlich, so verschwommen wie ein Film im Kino, wenn die Lampen im Saal wieder eingeschaltet werden. Und noch etwas fehlte: die Geräusche, die Stimmen…

Genau wie ein Film: ein Film ohne Ton.

Obwohl es der Mann war, der redete. Und er redete wohl laut. Er war wie ein Gorilla. Den Kopf dicht auf den Schultern, den Oberkörper in einem engen Pullover, der seine Brustmuskeln hervortreten ließ, das Haar kurzgeschoren, wie bei einem Sträfling, die Fäuste in die Hüften gestemmt, schleuderte er ihr Vorwürfe, Schimpfwörter oder Drohungen ins Gesicht.

Er war wohl drauf und dran, handgreiflich zu werden. So, dass Leroy versuchte, Maigret noch fester zu packen, als wolle er sich selbst beruhigen.

Emma weinte noch immer. Ihre Haube saß mittlerweile schief. Ihr Knoten würde sich gleich lösen. Irgendwo wurde ein Fenster geschlossen, was eine Sekunde lang ablenkte.

»Kommissar… ob wir…«

Der Tabakgeruch umhüllte die beiden Männer und gaukelte ihnen Wärme vor.

Weshalb faltete Emma die Hände? Wieder redete sie…

In ihrem verzerrten Gesicht lag gleichzeitig Entsetzen, Flehen und Schmerz, und Inspektor Leroy hörte, wie Maigret seinen Revolver entsicherte.

Nur fünfzehn bis zwanzig Meter lagen zwischen den beiden Gruppen. Ein sprödes Klicken, eine Fensterscheibe, die in Scherben zerspringen würde, und der Hüne wäre außerstande, Schaden anzurichten.

Mittlerweile ging er auf und ab, die Hände auf dem Rücken, und er wirkte kleiner, breiter. Mit dem Fuß stieß er an das Hähnchen. Um ein Haar wäre er ausgerutscht, und aus lauter Wut gab er ihm einen Tritt, dass es in den Schatten flog.

Emma schaute dorthin.

Was sie wohl sagen mochten? Was war das Leitmotiv dieses dramatischen Dialogs?

Denn der Mann schien die gleichen Worte zu wiederholen. Aber wiederholte er sie nicht sanfter?

Sie fiel auf die Knie, warf sich ihm vielmehr in die Quere und streckte die Arme nach ihm aus. Er tat so, als sähe er sie nicht, wich ihr aus, und schon war sie nicht mehr auf den Knien, sondern lag fast am Boden, mit flehender Geste.

Bald war der Mann zu sehen, bald verschluckte ihn der Schatten. Als er wiederkam, stellte er sich vor das klagende Mädchen, das er von oben bis unten musterte.

Wieder fing er an zu gehen, kam näher, entfernte sich erneut, und nun ging ihr die Kraft oder der Mut aus, ihre Arme nach ihm auszustrecken, ihn anzuflehen. Sie ließ sich der Länge nach auf die Dielen fallen. Die Weinflasche stand kaum zwanzig Zentimeter von ihrer Hand weg.

Es kam unerwartet. Der Vagabund beugte sich nieder

oder streckte vielmehr seine schweren Pranken aus, packte Emma an den Schultern, an der Kleidung, und mit einem einzigen Ruck stellte er sie auf die Beine. Und zwar so brutal, dass sie taumelte, als sie nicht mehr gehalten wurde.

Aber verriet ihr verzerrtes Gesicht nicht dennoch eine Hoffnung? Ihr Haarknoten hatte sich gelöst. Die weiße Haube lag auf dem Fußboden.

Der Mann ging auf und ab. Zweimal wich er seiner fassungslosen Partnerin aus.

Beim dritten Mal nahm er sie in die Arme, presste sie an sich, zog ihr den Kopf nach hinten. Und gierig presste er seine Lippen auf die ihren.

Nur noch sein Rücken war zu sehen, ein unmenschlicher Rücken, an dessen Schulter sich eine kleine Frauenhand geklammert hatte.

Der Rohling hatte das Bedürfnis, mit seinen groben Fingern das herabhängende Haar zu liebkosen, ohne die Lippen von den ihren zu lösen, es zu streicheln, als wolle er seine Begleiterin vertilgen, zerdrücken, besser: sich einverleiben.

»Hat man Worte!«, sagte der Inspektor, und seine Stimme überschlug sich.

Und Maigret war so ergriffen, dass er deswegen um ein Haar in Lachen ausgebrochen wäre.

War Emma seit einer Viertelstunde dort drüben? Der Mann hatte von ihr abgelassen. Die Kerze reichte bloß noch für fünf Minuten. Und die Entspannung, die sich eingestellt hatte, war beinahe greifbar.

Lachte das Serviermädchen nicht? Irgendwo musste sie

ein Stück von einem Spiegel aufgetrieben haben. Mitten im Licht sah man, wie sie ihr langes Haar einrollte, es mit einer Nadel feststeckte, am Boden eine weitere Nadel suchte, die sie verloren hatte, und sie zwischen den Zähnen hielt, während sie ihre Haube aufsetzte.

Sie war beinahe hübsch. Sie war hübsch! Alles an ihr war rührend, sogar ihre flachen Hüften, ihr schwarzes Kleid, ihre geröteten Lider. Der Mann hatte das Hähnchen aufgehoben. Und ohne sie dabei aus den Augen zu lassen, biss er mit Appetit hinein, ließ die Knochen krachen, riss Fleischfetzen heraus.

Er suchte in seiner Tasche nach einem Messer, fand keines und zerbrach den Flaschenhals, indem er ihn auf den Absatz schlug. Er trank. Er forderte Emma zum Trinken auf, die sich lachend sträubte. Ob ihr etwa das zerschlagene Glas Angst machte? Er brachte sie aber dazu, den Mund zu öffnen, und flößte ihr langsam von dem Getränk ein.

Sie verschluckte sich, hustete. Da packte er sie bei den Schultern, küsste sie erneut, aber nicht mehr auf die Lippen. Er küsste sie ausgelassen ab, auf die Wangen, auf die Augen, auf die Stirn und sogar auf ihr Spitzenhäubchen.

Sie war bereit. Er kam zum Fenster und drückte das Gesicht dagegen, und wieder einmal füllte er nahezu das gesamte helle Rechteck aus. Als er sich wieder umdrehte, löschte er die Kerze aus.

Inspektor Leroy war aufgeregt.

»Sie gehen zusammen fort.«

»Ja.«

»Sie werden geschnappt werden.«

Der Johannisbeerstrauch im Garten raschelte. Dann

wurde eine Gestalt auf den Mauerabsatz emporgehoben. Und schon befand sich Emma in der Sackgasse und wartete auf ihren Geliebten.

»Du wirst ihnen von weitem folgen. Sie dürfen dich auf keinen Fall bemerken. Gib mir Bescheid, sobald du kannst.«

So wie es der Vagabund mit seiner Begleiterin getan hatte, half Maigret dem Inspektor, sich an den Schieferziegeln bis zur Dachluke hochzuziehen. Dann beugte er sich nach vorn, um einen Blick in die Sackgasse zu werfen, wo man von den beiden nur die Köpfe sah.

Sie zögerten. Sie flüsterten. Dann zog Emma den Mann in einen Schuppen, in dem sie verschwanden, denn die Tür war nur mit einem Riegel verschlossen.

Es handelte sich um den Schuppen des Tauhändlers. Er hatte eine Verbindungstür zum Laden, in welchem sich zu dieser Uhrzeit niemand befand. Bloß ein Schloss war aufzubrechen, und das Pärchen würde zum Quai gelangen.

Leroy aber würde vor den beiden dort sein.

Sobald er auf der Leiter vom Dachstock hinabgestiegen war, begriff der Kommissar, dass etwas Außergewöhnliches vor sich ging. Er vernahm ein Geraune im Hotel. Unten läutete das Telefon mitten im Gewirr der Stimmen.

Auch die Stimme von Leroy war darunter, der wohl telefonieren musste, denn er sprach besonders laut.

Maigret stürzte die Treppe hinunter, gelangte ins Erdgeschoss, stieß auf einen Journalisten.

»Was ist los?«

»Wieder ein Mordanschlag. Vor einer Viertelstunde. In

der Stadt. Der Verletzte ist zur Apotheke transportiert worden.«

Zuerst eilte der Kommissar auf den Quai hinaus und gewahrte einen laufenden Gendarmen, der mit seinem Revolver herumfuchtelte. Selten war der Himmel derart schwarz gewesen. Maigret holte den Mann ein.

»Was ist los?«

»Ein Pärchen ist gerade aus dem Laden gekommen. Ich bin gegenüber auf und ab gegangen. Der Mann ist mir fast in die Arme gelaufen. Es hat keinen Zweck mehr, hinterherzurennen. Sie sind wohl schon über alle Berge!«

»Erzählen Sie mal!«

»Ich habe ein Geräusch im Laden gehört und mich auf die Lauer gelegt, die Waffe in der Hand. Die Tür ist aufgegangen, ein Kerl ist herausgekommen. Aber ich habe keine Zeit gehabt, auf ihn zu zielen. Er hat mir einen solchen Schlag ins Gesicht versetzt, dass ich zu Boden ging und mir der Revolver aus der Hand fiel. Meine größte Angst war, dass er ihn ergreifen würde... Aber nein! Er holte eine Frau, die im Eingang wartete. Er hat sie in die Arme genommen. Bis ich aufgestanden war, Kommissar... Solch ein Faustschlag! Sehen Sie! Ich blute. Die beiden sind am Quai entlang geflüchtet. Sie mussten um das Hafenbecken herum. Dort gibt es eine Unmenge von kleinen Straßen, dahinter das offene Land.«

Mit seinem Taschentuch tupfte er sich die Nase ab.

»Er hätte mich umbringen können! Seine Faust ist ein Hammer.«

Noch immer vernahm man ein Stimmengewirr vom Hotel her, aus dessen Fenstern Licht fiel.

Maigret ließ den Gendarmen allein, ging um die Ecke, sah die Apotheke, deren Läden geschlossen waren, deren Tür aber offenstand und eine Flut von Licht herausströmen ließ.

Ein Knäuel von etwa zwanzig Leuten drängte sich vor dieser Tür. Der Kommissar stieß sie mit den Ellbogen auseinander.

Im Labor lag ein Mann auf dem bloßen Fußboden ausgestreckt und stieß in gleichmäßigen Abständen stöhnende Laute aus, wobei er an die Decke starrte.

Die Frau des Apothekers war im Nachthemd und machte allein mehr Lärm als alle anderen Leute zusammen.

Und der Apotheker selbst, der über seinen Schlafanzug eine Jacke angezogen hatte, war völlig außer sich, hantierte mit Fläschchen herum, zupfte dicke Wattebäusche auseinander.

»Wer ist das?«, fragte Maigret.

Er wartete nicht auf die Antwort, denn er hatte die Uniform des Zöllners erkannt, dem man ein Hosenbein aufgerissen hatte. Und nun erkannte er auch das Gesicht wieder.

Es handelte sich um jenen Zöllner, der am Freitag zuvor im Hafen Wache gestanden und von weitem das Verbrechen miterlebt hatte, dessen Opfer Mostaguen gewesen war.

Ein Arzt traf ein, geschäftig, schaute auf den Verletzten, dann zu Maigret und rief aus:

»Was gibt es denn noch?«

Ein wenig Blut rann auf den Boden. Der Apotheker hatte das Bein des Zöllners mit Wasserstoffsuperoxyd gewaschen, das Streifen rötlichen Schaums bildete.

Draußen erzählte ein Mann vielleicht zum zehnten Mal, aber dennoch außer Atem:

»Meine Frau und ich lagen im Bett, als ich ein Geräusch hörte, das wie ein Schuss klang, darauf einen Schrei. Dann nichts mehr, vielleicht fünf Minuten lang! Ich wagte nicht, wieder einzuschlafen… Meine Frau wollte, dass ich nachsehen gehe… Dann waren stöhnende Laute zu hören, die anscheinend vom Bürgersteig herkamen, unmittelbar bei unserer Tür… Ich habe sie geöffnet… Ich war bewaffnet… Ich habe eine dunkle Masse gesehen… Ich habe die Uniform erkannt… Ich habe angefangen zu rufen, um die Nachbarn aufzuwecken, und der Obsthändler, der einen Wagen hat, hat mir geholfen, den Verletzten hierherzubringen…«

»Um welche Zeit wurde der Schuss abgegeben?«

»Vor knapp einer halben Stunde.«

Also genau im ergreifendsten Moment der Szene zwischen Emma und dem Mann mit den sagenhaften Fußabdrücken!

»Wo wohnen Sie?«

»Ich bin der Segelmacher. Sie sind schon zehnmal bei mir vorbeigegangen… Rechts vom Hafen, ein Stück neben der Fischhalle. Mein Haus steht an einer Ecke, die der Quai mit einer kleinen Straße bildet. Danach gibt es nur noch vereinzelte Gebäude und fast nur noch Villen.«

Vier Männer trugen den Verletzten in ein Hinterzimmer, wo sie ihn auf ein Sofa betteten. Der Arzt erteilte Anweisungen. Draußen hörte man die Stimme des Bürgermeisters fragen:

»Ist der Kommissar hier?«

Maigret ging ihm entgegen, beide Hände in den Taschen.

»Sie werden zugeben, Kommissar...«

Der Blick seines Gesprächspartners war jedoch so kalt, dass der Bürgermeister für einen Augenblick die Fassung verlor.

»Es war unser Mann, der den Anschlag verübt hat, stimmt's?«

»Nein!«

»Woher wollen Sie das wissen?«

»Ich weiß es, weil ich ihn zu der Zeit, als das Verbrechen verübt worden ist, fast ebenso gut vor mir sah, wie ich jetzt Sie vor mir sehe.«

»Und Sie haben ihn nicht verhaftet?«

»Nein!«

»Man hat mir auch von einem überfallenen Gendarmen erzählt.«

»Das ist richtig.«

»Ist Ihnen eigentlich klar, welche Folgen diese Verbrechen haben können? Seit Sie hier sind, geschieht schließlich...«

Maigret nahm den Telefonhörer ab.

»Geben Sie mir die Gendarmerie, Mademoiselle... Ja... Danke... Hallo!... Die Gendarmerie?... Der Wachtmeister selbst?... Hallo! Hier Kommissar Maigret... Doktor Michoux ist doch sicher noch dort, ja?... Wie bitte?... Ja, vergewissern Sie sich trotzdem... Wie?... Es steht ein Wachposten im Hof?... Sehr gut... Ich warte...«

»Glauben Sie, dass etwa der Doktor...?«

»Gar nichts! Ich glaube nie etwas, Herr Bürgermeister!... Hallo!... Ja!... Er hat sich nicht vom Fleck gerührt?… Danke… Sie sagen, er schläft?… Sehr gut… Hallo! Nein! Nichts Besonderes…«

Stöhnende Laute drangen aus dem Zimmer im Hintergrund, wo eine Stimme unverzüglich rief:

»Kommissar.«

Es war der Arzt, der seine noch seifigen Hände an einem Handtuch abwischte.

»Sie können ihn vernehmen. Die Kugel hat bloß die Wade gestreift. Mehr Angst als Schaden. Aber man muss auch sagen, dass die Blutung ziemlich stark war.«

Dem Zöllner standen die Tränen in den Augen. Er wurde rot, als der Arzt fortfuhr:

»Seine ganze Angst kommt daher, dass er glaubte, man würde ihm das Bein amputieren. Aber in einer Woche sieht alles wieder ganz anders aus!«

Der Bürgermeister stand im Türrahmen.

»Erzählen Sie mir, wie das passiert ist!«, sagte Maigret sanft, wobei er sich auf die Kante des Sofas setzte. »Keine Angst. Sie haben gehört, was der Doktor gesagt hat.«

»Ich weiß nicht…«

»Was denn?«

»Heute ging mein Dienst um zehn Uhr zu Ende… Ich wohne ein Stück weiter weg von der Stelle, wo ich angeschossen worden bin.«

»Sie sind also nicht gleich nach Hause gegangen?«

»Nein! Ich habe gesehen, dass im Café des Hotels noch Licht war. Ich habe wissen wollen, wie es denn so steht. Ich schwöre Ihnen, mein Bein verbrennt mir!«

»Ach was! Ach was!«, sagte der Arzt.

»Aber wenn ich es Ihnen doch sage… Na dann, wenn es

nichts ist … Ich habe im Café ein Halbes getrunken. Es waren nur Journalisten da, und ich habe nicht einmal gewagt, sie zu fragen …«

»Wer hat Sie bedient?«

»Ein Zimmermädchen, glaube ich … Emma habe ich nicht gesehen.«

»Und dann?«

»Ich wollte nach Hause. Ich bin am Wachlokal vorbeigegangen, wo ich mir eine Zigarette an der Pfeife meines Kollegen angezündet habe. Ich ging an den Quais entlang. Ich bin nach rechts abgebogen. Es war niemand da. Das Meer war nur schwach bewegt … Auf einmal, als ich gerade an einer Straßenecke vorüberging, spürte ich einen Schmerz im Bein, noch bevor ich den Knall eines Schusses hörte. Es war ein Stoß, wie wenn man mir einen Pflasterstein mitten an die Wade geschleudert hätte. Ich bin hingefallen … Ich habe wieder aufstehen wollen … Jemand lief davon … Meine Hand berührte eine warme Flüssigkeit, und ich weiß nicht, wie es passiert ist, aber ich bin ohnmächtig geworden. Ich habe geglaubt, ich sei tot.

Als ich wieder zu mir kam, öffnete der Obsthändler an der Ecke gerade seine Tür und traute sich nicht heran.

Das ist alles, was ich weiß.«

»Die Person, die geschossen hat, haben Sie nicht gesehen?«

»Ich habe gar nichts gesehen. Das geht nicht so, wie man sich das vorstellt. Es ging so schnell … Und vor allem, als ich meine Hand voller Blut spürte …«

»Sie haben keine Feinde?«

»Eben nicht! Ich bin erst seit zwei Jahren hier. Ich

komme aus dem Landesinnern. Und ich hatte noch nie Gelegenheit, Schmuggler zu Gesicht zu bekommen.«

»Gehen Sie jeden Abend auf diesem Weg nach Hause?«

»Nein! Es ist ein Umweg. Aber ich hatte keine Streichhölzer, und so bin ich absichtlich zum Wachlokal gegangen, um mir eine Zigarette anzuzünden. Daher bin ich nicht durch die Stadt, sondern an den Quais entlanggegangen.«

»Durch die Stadt ist es näher?«

»Ein wenig.«

»So dass also jemand, der gesehen hätte, wie Sie das Café verließen und in Richtung Quai gingen, Zeit gehabt hätte, Ihnen aufzulauern?«

»Bestimmt. Aber weswegen? Ich habe nie Geld bei mir. Man hat nicht versucht, mich auszurauben.«

»Sind Sie auch sicher, Kommissar, dass Sie *Ihren* Vagabunden den ganzen Abend nicht aus den Augen gelassen haben?«

Es lag etwas Spitzes in der Stimme des Bürgermeisters. Leroy trat ein, einen Zettel in der Hand.

»Ein Telegramm, das die Post gerade per Telefon zum Hotel durchgegeben hat. Aus Paris.«

Und Maigret las:

Sûreté Générale an Kommissar Maigret, Concarneau

Jean Goyard, genannt Servières, dessen Personenbeschreibung Sie übermittelt haben, am heutigen Montag Abend acht Uhr Hôtel Bellevue, Rue Lepic, Paris, verhaftet, als er in Zimmer 15 abstieg. Hat gestanden, von Brest mit Sechsuhrzug angekommen zu sein. Beteuert Unschuld und verlangt Vernehmung zur Sache im Beisein von Anwalt. Erwarten Weisungen.

8

Ein Unbekannter!

»Sie werden vielleicht zugeben, Kommissar, dass es an der Zeit ist, dass wir uns mal ernsthaft unterhalten …«

Der Bürgermeister hatte diese Worte mit einer eisigen Ehrerbietung ausgesprochen, und Inspektor Leroy kannte Maigret noch nicht gut genug, um dessen Gemütsbewegung danach einzuschätzen, wie er den Rauch aus seiner Pfeife wieder ausblies. Ein dünner, grauer Rauchfaden strömte langsam zwischen den halb geöffneten Lippen des Kommissars hervor, während er zwei- oder dreimal blinzelte. Dann zog Maigret sein Notizbuch aus seiner Tasche und sah nacheinander den Apotheker, den Arzt und die Neugierigen an.

»Zu Befehl, Herr Bürgermeister. Hier …«

»Wenn Sie doch bitte auf eine Tasse Tee zu mir nach Hause kommen möchten«, fiel ihm der Bürgermeister ins Wort. »Mein Wagen steht vor der Tür. Ich werde so lange warten, bis Sie die nötigen Befehle erteilt haben.«

»Welche Befehle?«

»Aber … der Mörder … der Vagabund … dieses Mädchen …«

»Ach ja! Nun denn, wenn die Gendarmerie nichts Besseres zu tun hat, dann soll sie die Bahnhöfe in der Umgebung überwachen.«

Er hatte seine einfältigste Miene aufgesetzt.

»Und Sie, Leroy, Sie telegrafieren nach Paris, dass man uns Goyard herbringen soll, und dann gehen Sie zu Bett.«

Er nahm im Wagen des Bürgermeisters Platz, am Steuer saß ein Chauffeur in schwarzer Livree. Kurz vor Sables Blancs erblickte man die Villa des Bürgermeisters, die dicht an die Klippe gebaut war, was ihr ein wenig den Anstrich eines feudalen Schlosses verlieh. Aus den Fenstern drang Licht. Während der Fahrt hatten die beiden Männer keine zwei Sätze gewechselt.

»Erlauben Sie, dass ich Ihnen den Weg weise.«

Der Bürgermeister übergab seinen pelzgefütterten Mantel einem Diener.

»Ist Madame schon zu Bett gegangen?«

»Sie erwartet Herrn Bürgermeister in der Bibliothek.«

Sie war tatsächlich dort. Obgleich sie etwa vierzig Jahre alt war, wirkte sie an der Seite ihres Gatten, der fünfundsechzig war, sehr jung. Sie nickte dem Kommissar zu.

»Nun?«

Als Mann von Welt küsste ihr der Bürgermeister die Hand, die er festhielt, während er sagte:

»Beruhigen Sie sich! Ein Zöllner wurde leicht verletzt. Und ich hoffe, dass nach der Unterredung, die Kommissar Maigret und ich nun haben werden, dieser unerträgliche Alptraum ein Ende finden wird.«

Unter einem Knistern von Seide ging sie hinaus. Ein blauer, samtener Türvorhang fiel. Die Bibliothek war sehr geräumig, die Wände mit edlem Holz getäfelt, die Decke von hervortretenden Balken durchzogen, wie auf englischen Herrensitzen.

Wertvolle Bände waren zu sehen, die kostbarsten jedoch mochten sich wohl in einem geschlossenen Bücherschrank befinden, der eine ganze Wandfläche einnahm.

Das Ganze war wirklich luxuriös, ohne geschmackliche Mängel, der vollkommene Komfort. Obwohl eine Zentralheizung vorhanden war, brannten Holzscheite in einem riesigen Kamin.

Kein Vergleich mit dem falschen Pomp in der Villa des Arztes. Der Bürgermeister suchte unter den Zigarrenkistchen eines heraus und reichte es Maigret.

»Danke! Wenn Sie erlauben, rauche ich meine Pfeife.«

»Nehmen Sie doch bitte Platz. Möchten Sie einen Whisky?«

Er drückte auf einen Knopf und zündete sich eine Zigarre an. Der Diener kam, um ihre Wünsche entgegenzunehmen. Und Maigret wirkte, vielleicht mit Absicht, unbeholfen, wie ein Kleinbürger, der in einem hochherrschaftlichen Anwesen empfangen wird. Seine Züge wirkten plumper, sein Blick unsicher.

Sein Gastgeber wartete, bis der Diener hinausgegangen war.

»Sie müssen begreifen, Kommissar, dass diese Serie von Verbrechen unmöglich weitergehen kann. Sie sind nun… na, Sie sind nun fünf Tage hier… Und seit fünf Tagen…«

Maigret zog sein unscheinbares Notizbuch, das in Wachstuch eingebunden war, aus der Tasche hervor.

»Erlauben Sie?«, fiel er dem Bürgermeister ins Wort. »Sie reden von einer Serie von Verbrechen. Nun, ich muss feststellen, dass alle Opfer am Leben sind, außer einem. Ein einziger Todesfall: nämlich der von Monsieur Le Pommeret. Was den Zöllner betrifft, so werden Sie zugeben, dass jemand, der ihm hätte das Leben nehmen wollen, nicht auf das Bein gezielt hätte. Sie kennen den Ort, wo der Schuss abgegeben wurde. Der Angreifer war unsichtbar. Er hat sich viel Zeit nehmen können. Es sei denn, er hätte noch nie einen Revolver in der Hand gehalten …«

Der Bürgermeister sah ihn erstaunt an, griff nach seinem Glas und sagte:

»Sie wollen also behaupten …?«

»Dass man ihn am Bein treffen wollte. Zumindest so lange, wie nicht das Gegenteil bewiesen ist.«

»Sollte etwa auch Mostaguen nur am Bein getroffen werden?«

Die Ironie war beißend. Die Nasenflügel des alten Mannes bebten. Er wollte höflich sein, die Ruhe bewahren, weil er bei sich zu Hause war. Aber ein unangenehmes Zischen lag in seiner Stimme.

Mit der Miene eines gewissenhaften Beamten, der einem Vorgesetzten Rechenschaft ablegt, fuhr Maigret fort:

»Wenn Sie einverstanden sind, so werden wir meine Notizen der Reihe nach durchgehen … Ich lese unter dem Datum vom Freitag, dem 7. November: *Eine Kugel wird durch den Briefkasten eines unbewohnten Hauses auf Monsieur Mostaguen abgefeuert.* Sie werden zunächst feststellen, dass niemand wissen konnte, dass Monsieur Mostaguen zu einem gegebenen Zeitpunkt auf den Gedanken kommen würde, bei einem Hauseingang Zuflucht zu suchen, um sich eine Zigarre anzuzünden, nicht einmal das Opfer selbst. Etwas weniger Wind, und das Verbrechen hätte nicht stattgefunden. Nun stand aber trotzdem ein Mann hinter der Tür, mit einem Revolver bewaffnet. Entweder war es ein Wahnsinniger, oder aber er erwartete *jemanden, der kommen musste.* Und jetzt bedenken Sie mal, wie spät es war! … Elf Uhr nachts … Die ganze Stadt schläft, abgesehen von der kleinen Gruppe im Café des Hôtel de l'Amiral …

Ich bin noch nicht fertig. Werfen wir einen Blick auf die möglichen Schuldigen. Die Herren Le Pommeret und Jean Servières sowie Emma kommen nicht in Frage, denn sie befanden sich im Café.

Es bleiben Doktor Michoux, der eine Viertelstunde zuvor gegangen war, und der Vagabund mit den riesigen Füßen. Dazu ein Unbekannter, den wir X nennen werden. Einverstanden?

Nebenbei bemerkt ist Monsieur Mostaguen nicht tot und wird in vierzehn Tagen wieder auf den Beinen sein.

Gehen wir zum zweiten Verbrechen über. *Am Samstag sitze ich mit Inspektor Leroy im Café. Wir wollten gerade mit den Herren Michoux, Le Pommeret und Jean Servières den Aperitif trinken, als der Doktor beim Betrachten seines Glases einen Verdacht schöpft. Die Analyse beweist, dass die Flasche Pernod vergiftet ist.*

Als Schuldige kommen in Frage: die Herren Michoux, Le Pommeret, Servières, das Serviermädchen Emma, der Vagabund – der im Laufe des Tages das Café unbemerkt hätte betreten können – und zu guter Letzt unser Unbekannter, den wir X genannt haben.

Weiter. *Am Sonntagmorgen ist Jean Servières verschwunden. Sein Wagen wird wieder gefunden, blutbefleckt, unweit von seinem Zuhause. Noch vor dieser Entdeckung ist dem* Phare de Brest *eine Zusammenfassung der*

Ereignisse zugegangen, die wie geschaffen dazu war, Panik in Concarneau zu verbreiten.

Nun, Servières wird zuerst in Brest gesehen, dann in Paris, wo er sich anscheinend versteckt und wo er sich offensichtlich aus freiem Willen befindet.

Ein Einziger kommt als Schuldiger in Frage: Servières selbst.

Am selben Sonntag sitzt Monsieur Le Pommeret zusammen mit dem Doktor beim Aperitif, geht nach Hause, isst dort zu Abend und stirbt an den Folgen einer Strychninvergiftung.

Als Schuldige kommen in Frage, falls er im Café vergiftet worden ist: der Doktor, Emma und schließlich unser nie fehlender X.

Hier muss nämlich der Vagabund ausgeklammert werden, denn der Raum war keinen einzigen Augenblick leer gewesen, und es wurde nicht die Flasche vergiftet, sondern nur ein einziges Glas.

Falls das Verbrechen im Hause von Le Pommeret verübt worden ist, kommen als Schuldige in Frage: seine Wirtin, der Vagabund und wieder unser Monsieur X.

Nicht ungeduldig werden. Wir kommen zum Ende. *Heute Abend trifft eine Kugel das Bein eines Zöllners, der auf einer menschenleeren Straße nach Hause geht. Der Doktor hat das Gefängnis nicht verlassen, in dem er scharf bewacht wird. Le Pommeret ist tot. Servières ist in Paris in Händen der Sûreté Générale. Zur selben Zeit sind Emma und der Vagabund vor meinen Augen damit beschäftigt, sich zu umarmen und danach ein Hähnchen zu verzehren.*

Also kommt nur ein einziger Schuldiger in Frage: X …

Das heißt, ein Jemand, dem wir bisher im Verlauf der Ereignisse noch nicht begegnet sind. Ein Jemand, der alle oder auch bloß dieses letzte Verbrechen verübt haben kann.

Wir kennen ihn nicht. Wir haben keine Personenbeschreibung von ihm, nur einen einzigen Hinweis: Es lag ihm etwas daran, heute Nacht einen Zwischenfall zu verursachen. Es lag ihm sehr viel daran … Denn dieser Schuss ist nicht von einem Landstreicher abgefeuert worden.

Jetzt verlangen Sie nicht von mir, ihn zu verhaften. Denn Sie werden zugeben, Herr Bürgermeister, dass jeder in der Stadt, dass vor allem all jene, die mit den in diese Angelegenheit verwickelten Personen bekannt sind und insbesondere mit denjenigen, die im Café des Hôtel de l'Amiral verkehren, dieser X sein könnten …

Auch Sie selber …«

Diese letzten Worte wurden leicht dahingesagt, wobei sich Maigret in seinem Sessel zurücklehnte und die Füße zu den Holzscheiten hinstreckte.

Der Bürgermeister war bloß kurz zusammengezuckt.

»Ich hoffe, dass dies nicht mehr als eine kleine Rache ist …«

Da erhob sich Maigret plötzlich, klopfte seine Pfeife in den Kamin aus, durchmaß mit großen Schritten die Bibliothek und fuhr fort:

»Nicht einmal! Wollen Sie Schlussfolgerungen? Nun denn … Mir war nur daran gelegen, Ihnen zu zeigen, dass ein Fall wie dieser nicht eine einfache Polizeiaktion ist, die man von seinem Sessel aus durch Telefonanrufe leitet. Und bei allem Respekt, den ich Ihnen entgegenbringe, möchte ich hinzufügen, Herr Bürgermeister, dass, wenn ich die

Verantwortung für eine Ermittlung übernommen habe, mir vor allem viel daran liegt, dass man seine Nase nicht ständig reinsteckt!«

Es war ihm unwillkürlich herausgerutscht. Schon seit Tagen gärte es in ihm. Vielleicht um sich zu beruhigen, trank Maigret einen Schluck Whisky, schaute zur Tür wie ein Mensch, der gesagt hat, was er zu sagen hatte, und der nur noch auf die Erlaubnis wartet, gehen zu dürfen.

Sein Gesprächspartner verharrte geraume Zeit in Schweigen und betrachtete dabei die weiße Asche seiner Zigarre. Schließlich ließ er sie in eine Schale aus blauem Porzellan fallen und erhob sich dann gemächlich, wobei seine Augen den Blick Maigrets suchten.

»Hören Sie, Kommissar…«

Er mochte wohl seine Worte abwägen, denn es lagen Pausen dazwischen.

»Ich habe im Laufe unserer kurzen Beziehung möglicherweise zu Unrecht etwas Ungeduld an den Tag gelegt…«

Es war ziemlich unerwartet. Erst recht in diesem Rahmen, wo der alte Mann mit seinem weißen Haar, seiner seidenbestickten Jacke, seiner grauen Hose mit der steifen Bügelfalte vornehmer denn je wirkte.

»Allmählich fange ich an, Ihren wahren Wert zu schätzen… Innerhalb von wenigen Minuten haben Sie für mich mit Hilfe einer bloßen Aufzählung von Tatsachen das beängstigende Geheimnis greifbar werden lassen, das diesem Fall zugrunde liegt und von dessen Vielschichtigkeit ich nichts geahnt habe… Ich gebe zu, dass Ihre Unentschlossenheit im Hinblick auf den Vagabunden mich ziemlich ungehalten über Sie gemacht hat…«

Er war auf den Kommissar zugegangen und berührte ihn an der Schulter.

»Ich bitte Sie, mir das nicht zu verübeln. Auch ich trage schwere Verantwortung.«

Es wäre unmöglich gewesen, die Gefühle Maigrets zu erraten, der damit beschäftigt war, sich mit seinen dicken Fingern eine Pfeife zu stopfen. Sein Tabaksbeutel war abgenutzt. Durch eine Fensteröffnung hindurch irrte sein Blick über den weiten Horizont der See.

»Was ist das für ein Licht?«, fragte er auf einmal.

»Das ist der Leuchtturm.«

»Nein! Ich meine dieses kleine Licht rechts.«

»Das Haus von Doktor Michoux.«

»Das Dienstmädchen ist also zurück?«

»Nein! Es ist Madame Michoux, die Mutter des Doktors, die heute Nachmittag zurückgekehrt ist.«

»Haben Sie sie gesehen?«

Maigret glaubte ein gewisses Unbehagen bei seinem Gastgeber zu verspüren.

»Sie hat sich wohl gewundert, dass sie ihren Sohn nicht antraf ... Sie ist hergekommen, um sich zu erkundigen. Ich habe sie über die Verhaftung informiert und ihr erklärt, dass es sich eher um eine Schutzmaßnahme handle. Denn das ist es doch, nicht wahr? ... Sie hat mich um Erlaubnis gebeten, ihn im Gefängnis zu besuchen. Im Hotel wusste man nicht, wo Sie geblieben waren. Ich habe es auf mich genommen, diesen Besuch zu genehmigen. Madame Michoux ist kurz vor dem Abendessen wiedergekommen, um die letzten Neuigkeiten zu erfahren. Meine Frau hat sie empfangen und sie zum Abendessen eingeladen ...«

»Sind die beiden befreundet?«

»Wenn Sie so wollen! Eher gutnachbarschaftliche Beziehungen. Im Winter gibt es sehr wenig Leute in Concarneau.«

Maigret nahm seine Wanderung durch die Bibliothek wieder auf.

»Sie haben also zu dritt zu Abend gegessen?«

»Ja. Das ist ziemlich häufig vorgekommen. Ich habe Madame Michoux beruhigt, so gut ich konnte, denn dieser Gang zur Gendarmerie hat sie sehr mitgenommen. Sie hat sehr viel Mühe gehabt, ihren Sohn aufzuziehen, dessen Gesundheit nicht die beste ist.«

»Von Le Pommeret und Jean Servières war nicht die Rede?«

»Sie hat Le Pommeret nie gemocht. Sie warf ihm vor, ihren Sohn zum Trinken zu verleiten. Tatsache ist, dass ...«

»Und Servières?«

»Sie kannte ihn weniger. Er gehörte nicht zu ihrer Welt. Ein kleiner Journalist, eine Bekanntschaft aus einem Café, wenn Sie so wollen, ein amüsanter Kerl. Aber seine Frau dagegen kann man nicht empfangen, denn ihre Vergangenheit ist nicht einwandfrei. So ist das nun mal in einer Kleinstadt, Kommissar! Sie müssen sich mit diesem Dünkel abfinden. Er erklärt Ihnen zum Teil meine Launen. Sie wissen nicht, was es heißt, ein Gemeinwesen von Fischern zu verwalten und dabei gleichzeitig auf die Reizbarkeit der Schiffseigentümer und nicht zuletzt eines gewissen Bürgertums Rücksicht zu nehmen, das ...«

»Um welche Zeit ist Madame Michoux von hier fortgegangen?«

»Gegen zehn Uhr. Meine Frau hat sie mit dem Wagen nach Hause gefahren.«

»Dieses Licht beweist uns, dass Madame Michoux noch nicht zu Bett gegangen ist.«

»Das ist ihre Gewohnheit. Auch meine! In einem gewissen Alter braucht man nicht mehr viel Schlaf. Sehr spät in der Nacht sitze ich noch hier und lese oder blättere Akten durch.«

»Gehen die Geschäfte der Familie Michoux gut?«

Erneutes Unbehagen, kaum wahrzunehmen.

»Noch nicht… Man muss abwarten, bis die Grundstücke von Sables Blancs erschlossen worden sind… Angesichts der Beziehungen von Madame Michoux in Paris wird das nicht lange auf sich warten lassen. Zahlreiche Parzellen sind verkauft. Im Frühjahr wird man mit den Bauarbeiten beginnen. Während der Reise, die sie gerade unternommen hat, hat sie einen Bankier, dessen Namen ich Ihnen nicht sagen kann, so gut wie endgültig dazu überredet, eine herrliche Villa auf dem höchsten Punkt der Küste zu errichten.«

»Noch eine Frage, Herr Bürgermeister… Wem gehörte zuvor das Land, das nun parzelliert wird?«

Sein Gesprächspartner zögerte nicht.

»Mir! Es handelt sich um einen Familienbesitz, genau wie diese Villa. Es wuchs dort nur Heidekraut und Ginster, als die Familie Michoux auf den Gedanken kam…«

In diesem Augenblick verlöschte das Licht in der Ferne.

»Noch ein Glas Whisky, Kommissar? Selbstverständlich lasse ich Sie von meinem Fahrer zurückbringen.«

»Sie sind zu liebenswürdig. Ich gehe sehr gerne zu Fuß, vor allem wenn ich nachdenken muss.«

»Was halten Sie von dieser Geschichte mit dem gelben Hund? Ich gestehe, dass mich das vielleicht am meisten verunsichert... Das und der vergiftete Pernod!... Denn schließlich...«

Maigret aber suchte ringsum nach seinem Hut und seinem Mantel. Dem Bügermeister blieb nichts anderes übrig, als auf den Klingelknopf zu drücken.

»Die Sachen vom Herrn Kommissar, Delphin!«

Die Stille war so vollkommen, dass man das dumpfe, rhythmische Rauschen der Brandung an den Klippen hörte, auf denen die Villa stand.

»Möchten Sie meinen Wagen wirklich nicht nehmen?«

»Wirklich nicht...«

Spuren der Verlegenheit blieben im Raum zurück, jenen Rauchspuren ähnlich, die sich unter den Lampen verzogen.

»Ich frage mich, wie wohl morgen die Stimmung der Leute sein wird... Wenn die See nur schwach bewegt ist, dann haben wir wenigstens die Fischer von den Straßen, denn sie werden dies nutzen, um ihre Reusen auszulegen...«

Maigret nahm seinen Mantel aus den Händen des Dieners und streckte seine große Hand aus. Der Bürgermeister hatte noch weitere Fragen, aber er zögerte wegen der Anwesenheit des Hausangestellten.

»Wie lange, glauben Sie, wird es noch dauern, bis...«

Die Uhr schlug eins.

»Heute Abend, so hoffe ich, wird alles vorbei sein.«

»So rasch? Trotz allem, was Sie mir gerade erst gesagt haben? In diesem Fall tippen Sie also auf Goyard? Es sei denn...«

Es war zu spät. Maigret betrat das Treppenhaus. Der

Bürgermeister suchte nach einem letzten Satz. Er fand nichts, was seine Empfindung ausdrückte.

»Es ist mir peinlich, Sie zu Fuß zurückgehen zu lassen … Über diese Wege …«

Die Tür wurde wieder geschlossen. Maigret war auf der Landstraße, über dem Kopf einen herrlichen Himmel, an dem schwere Wolken um die Wette am Mond vorüberzogen.

Es ging eine frische Brise. Der Wind kam von der offenen See, roch nach Tang, den man in dicken Knäueln auf dem Sand des Strandes ahnte.

Der Kommissar ging langsamen Schrittes, die Hände in den Taschen, die Pfeife zwischen den Zähnen. Als er sich umwandte, sah er von weitem, wie die Lichter in der Bibliothek verlöschten, und dann, wie andere im zweiten Stock aufleuchteten, wo sie von Vorhängen gedämpft wurden.

Er nahm nicht den Weg durch die Stadt, sondern ging den Strand entlang, so wie es der Zöllner getan hatte, blieb einen Augenblick an der Ecke stehen, wo der Mann verletzt worden war. Alles war ruhig. Hie und da eine Laterne. Concarneau schlief.

Als er auf dem Platz anlangte, sah er die Fensteröffnungen des Cafés, aus denen noch Licht fiel und die den Frieden der Nacht mit ihrem giftgrünen Schein störten.

Er stieß die Tür auf. Ein Journalist diktierte am Telefon:

»… Man weiß nicht mehr, wen man verdächtigen soll. Auf den Straßen betrachten sich die Leute voller Angst. Ob etwa der da der Mörder ist? Oder jener da? Nie zuvor war die geheimnis- und angstdurchdrungene Atmosphäre so erdrückend …«

Der Wirt, finster, stand höchstpersönlich an der Kasse. Als er den Kommissar bemerkte, wollte er reden. Seine Vorwürfe waren schon im Voraus zu erraten.

Das Café war in Unordnung. Auf allen Tischen lagen Zeitungen, standen leere Gläser, und ein Fotograf war damit beschäftigt, Abzüge auf den Heizkörpern trocknen zu lassen.

Inspektor Leroy kam auf seinen Chef zu.

»Das ist Madame Goyard«, sagte er halblaut und deutete dabei auf eine pummelige Frau, die kraftlos auf der Bank hockte.

Sie erhob sich. Sie wischte sich die Augen.

»Sagen Sie, Kommissar! Stimmt das?… Ich weiß nicht mehr, wem ich glauben soll. Jean scheint am Leben zu sein? Aber das ist doch nicht möglich, oder? Dass er diese Komödie gespielt haben soll! Er hätte mir das nicht angetan! Er hätte mich nicht in einer solchen Ungewissheit gelassen! Ich glaube, ich verliere noch den Verstand! Weshalb sollte er denn nach Paris gegangen sein? Sagen Sie doch, und ohne mich!«

Sie weinte. Sie weinte so, wie manche Frauen zu weinen verstehen, mit vielen Tränen, die die Wangen hinunterrollten bis zum Kinn, während sie die Hand auf ihren üppigen Busen drückte.

Und sie zog die Nase hoch. Sie suchte nach ihrem Taschentuch. Dabei wollte sie auch noch reden.

»Ich schwöre Ihnen, dass das unmöglich ist! Ich weiß wohl, dass er ein wenig ein Schürzenjäger war. Aber das hätte er nicht gemacht! Immer wenn er zurückkam, bat er mich um Verzeihung. Verstehen Sie?… Sie sagen…«

Sie deutete auf die Journalisten.

»Sie sagen, er habe die Blutspuren höchstpersönlich in seinem Wagen angebracht, um ein Verbrechen vorzutäuschen. Aber dann hätte er ja gar nicht mehr zurückkommen wollen! Ich aber weiß, verstehen Sie, ich bin sicher, dass er zurückgekommen wäre! Er hätte nie ein lockeres Leben geführt, wenn ihn nicht die andern dazu angestiftet hätten … Monsieur Le Pommeret, der Doktor … und der Bürgermeister! Und alle andern, die mich auf der Straße nicht einmal grüßten, weil ich ihnen nicht gut genug war!

Man hat mir gesagt, dass er verhaftet worden sei. Ich will es einfach nicht glauben. Was soll er denn Böses getan haben? Er verdiente genug für das Leben, das wir führten. Wir waren glücklich, auch wenn er es sich von Zeit zu Zeit mal leistete, auf die Pauke zu hauen.«

Maigret sah sie an, seufzte, nahm ein Glas, das auf dem Tisch stand, kippte den Inhalt in einem Zug hinunter und murmelte:

»Sie werden mich entschuldigen, Madame … Ich muss schlafen gehen.«

»Glauben Sie denn auch, dass er an etwas schuld ist?«

»Ich glaube nie etwas. Machen Sie es wie ich … Morgen ist auch noch ein Tag.«

Und er stieg schleppenden Schrittes die Treppe hinauf, wobei der Journalist, der nicht vom Telefon gewichen war, diesen letzten Satz aufgriff:

»Nach neuesten Informationen rechnet Kommissar Maigret damit, morgen das Rätsel endgültig zu lösen …«

In anderem Tonfall fügte er hinzu:

»Das ist alles, Mademoiselle. Richten Sie dem Chef unbedingt aus, er soll keine Zeile von meinem Text ändern. Er kann nicht verstehen... Man muss einfach an Ort und Stelle sein...«

Nachdem er aufgelegt hatte, steckte er seinen Notizblock in seine Tasche und bestellte:

»Einen Grog, Chef! Mit viel Rum und ganz klein wenig heißem Wasser.«

Unterdessen nahm Madame Goyard das Angebot eines Journalisten an, sie nach Hause zu fahren. Und sie fuhr mit ihren Vertraulichkeiten fort:

»Abgesehen davon, dass er ein wenig ein Schürzenjäger war... Aber Sie verstehen, Monsieur! So sind die Männer doch alle!«

9

Das Muschelkästchen

Maigret war am Morgen darauf so guter Laune, dass Inspektor Leroy ihm plaudernd zu folgen und ihm sogar Fragen zu stellen wagte.

Die Entspannung war übrigens allgemein, ohne dass man hätte sagen können, wieso. Vielleicht lag es am Wetter, das auf einmal schön geworden war. Der Himmel sah aus wie frisch gewaschen. Er war blau, von einem leicht blassen, aber vibrierenden Blau, in dem zarte Wolken schimmerten. Jedenfalls war der Horizont weiter, so als habe man das Himmelsgewölbe ausgehöhlt. Die spiegelglatte See funkelte und war mit kleinen Segeln gespickt, die wie Fähnchen auf einer Generalstabskarte wirkten.

Ein Sonnenstrahl genügte nämlich schon, um Concarneau zu verwandeln, denn dann erstrahlten die Festungsmauern der Altstadt, die im Regen trostlos aussahen, in fröhlichem, leuchtendem Weiß.

Die Journalisten im Erdgeschoss, ermüdet vom Hin und Her der letzten drei Tage, erzählten sich beim Kaffee Geschichten, und einer von ihnen war im Morgenrock heruntergekommen, die bloßen Füße in Hausschuhen.

Maigret selbst war in Emmas Zimmer eingedrungen, das eher eine Mansarde war, mit schräger Decke, so dass man nur in der Hälfte des Raumes aufrecht stehen konnte.

Das Fenster stand offen. Die Luft war frisch, aber man spürte doch die wohltuende Sonne. Auf der anderen Seite des Gässchens hatte eine Frau dies genutzt, um an ihrem Fenster Wäsche zum Trocknen aufzuhängen. Auf dem Hof einer Schule irgendwo schallte Pausenlärm.

Und Leroy, der am Rande der kleinen, eisernen Bettstatt saß, bemerkte:

»Ich verstehe Ihre Methoden immer noch nicht ganz, Kommissar, aber ich glaube, dass ich so allmählich dahinterkomme …«

Maigret sah ihn mit seinen lachenden Augen an und blies eine dicke Wolke Tabakqualm in die Sonne.

»Sie haben Glück, mein Lieber! Vor allem, was diesen Fall betrifft, wo meine Methode darin bestand, keine zu haben … Wenn Sie einen guten Rat möchten, wenn Sie Wert auf Ihr Fortkommen legen, so nehmen Sie sich bloß an mir kein Beispiel, und versuchen Sie auch nicht, von dem, was Sie mich tun sehen, Theorien abzuleiten …«

»Trotzdem … ich stelle fest, dass Sie sich mittlerweile den materiellen Indizien zuwenden, nachdem …«

»Eben, nachdem! Nach allem! Anders gesagt, ich bin die Ermittlungen von der verkehrten Seite angegangen, was mich jedoch vielleicht nicht daran hindern wird, die nächsten von der richtigen Seite anzugehen … Eine Frage der Atmosphäre. Eine Frage der Gesichter. Als ich hierhergekommen bin, bin ich auf ein Gesicht gestoßen, das mich in seinen Bann gezogen hat, und ich habe nicht mehr von ihm abgelassen.«

Aber er sagte nicht, wessen Gesicht es war. Er hob ein altes Bettlaken an, das eine Kleiderablage verbarg. Sie enthielt eine betronische Tracht aus schwarzem Samt, die Emma wohl für Festtage aufheben mochte.

Auf dem Waschtisch lagen ein Kamm mit vielen abgebrochenen Zähnen, Haarnadeln und eine Dose Gesichtspuder von zu kräftigem Rosa. Das, was er zu suchen schien, fand er in einer Schublade: ein Kästchen, das mit schillernden Muscheln verziert war, wie sie auf allen Märkten der Küste verkauft werden. Es war vielleicht zehn Jahre alt, hatte Gott weiß welche Wege genommen und trug die Aufschrift: »Souvenir d'Ostende«.

Ein Geruch nach altem Karton, Staub, Parfum und vergilbtem Papier entstieg ihm. Maigret, der sich neben seinen Begleiter auf den Rand des Bettes gesetzt hatte, machte mit seinen groben Fingern die Bestandsaufnahme der bescheidenen Dinge.

Ein Rosenkranz aus geschliffenen, schillernden, blauen Glaskugeln lag darin, an einem dünnen, silbernen Kettchen ein Medaillon von der Erstkommunion, ein leeres Parfumfläschchen, das Emma wohl wegen seiner reizvollen Form aufbewahrt und das sie vielleicht im Zimmer eines weiblichen Gastes gefunden hatte.

Eine Papierblume, Erinnerung an einen Ball oder an ein Fest, fügte einen lebhaften roten Farbklecks hinzu.

Daneben ein kleines Kreuz aus Gold, der einzige Gegenstand von gewissem Wert.

Ein ganzer Stapel Postkarten. Auf einer davon war ein großes Hotel in Cannes abgebildet. Auf der Rückseite die Handschrift einer Frau:

Du kähmst besser her aus deinem Drekloch wos doch nur regnet. Und man verdiehnt gutt. Ma kann sofiehl essen wie man will. Es küst dich

Louise

Maigret reichte die Karte dem Inspektor und betrachtete dann aufmerksam eines dieser Fotos, die man auf dem Jahrmarkt bekam, wenn man beim Schießen ins Zentrum einer Zielscheibe traf.

Der Mann war kaum zu erkennen, da er ein Gewehr angelegt hatte und ein Auge zukniff. Er hatte enorme Schultern und trug eine Seemannsmütze auf dem Kopf. Und Emma, die in die Kamera hineinlächelte, hielt ihn demonstrativ am Arm. Unten an der Karte stand: »Quimper«.

Dann ein Brief, dessen Papier derart zerknittert war, dass er viele Male gelesen worden sein musste:

Lieber Schatz,

es ist abgemacht, es ist unterschrieben: Ich hab mein Boot. Es soll ›La Belle-Emma‹ heißen. Der Pfarrer von Quimper hat mir versprochen, dass es nächste Woche getauft wird, mit Weihwasser, Korn, Salz und so, und es gibt richtigen Champagner, weil ich will, dass es ein Fest wird, von dem man hierzulande noch lang erzählt.

Am Anfang wird es mit dem Bezahlen noch ziemlich hart, weil ich der Bank zehntausend Franc im Jahr überweisen muss. Aber denk nur, es wird hundert Quadratfaden Segel tragen und seine zehn Knoten machen. Mit dem Transport von Zwiebeln nach England ist ein gutes Geschäft zu machen. Das heißt, mit dem Heiraten dauert es nicht mehr lang. Für die erste Fahrt habe ich schon Fracht gefunden, aber die versuchen, mich übers Ohr zu hauen, weil ich neu bin.

Deine Chefin könnte dir ruhig zwei Tage frei geben für die Taufe, weil nämlich alle besoffen sein werden und Du nicht nach Concarneau zurück kannst. In den Cafés habe ich schon Runden ausgeben müssen wegen des Boots, das schon im Hafen liegt und eine nagelneue Flagge hat.

Ich lasse mich drauf fotografieren und schicke Dir das Foto. Ich liebe Dich und küsse Dich und hoffe, dass Du bald meine liebe Frau bist, Dein

Léon

Maigret schob den Brief in seine Tasche und betrachtete verträumt die Wäsche, die auf der anderen Seite der Sackgasse trocknete. In dem Muschelkästchen lag nichts weiter außer einem Federhalter aus zugeschnittenem Bein, in dem man unter einer Glaslinse die Krypta von Notre-Dame de Lourdes erkennen konnte.

»Ist jemand in dem Zimmer, das gewöhnlich der Doktor bewohnt?«, fragte er.

»Ich denke, nein. Die Journalisten sind im zweiten Stock untergebracht.«

Der Kommissar durchstöberte den Raum für alle Fälle noch einmal, fand aber nichts Interessantes. Wenig später war er im ersten Stockwerk, stieß die Tür von Zimmer Nr. 3 auf, von dessen Balkon man Hafen und Reede überblickte.

Das Bett war gemacht, der Fußboden war gebohnert. Über dem Krug lagen frische Handtücher.

Die Blicke des Inspektors folgten seinem Chef voller Neugier, gemischt mit Skepsis. Maigret selbst pfiff vor sich hin und schaute sich um, bemerkte einen kleinen Eichentisch, der vor dem Fenster stand und auf welchem sich eine Reklame-Schreibunterlage sowie ein Aschenbecher befanden.

In der Schreibunterlage lag weißes Papier mit dem Aufdruck der Hotelanschrift und ein blauer Umschlag mit den gleichen Angaben. Aber auch zwei große Löschblätter lagen darin, wovon das eine nahezu schwarz vor Tinte war, während das andere nur wenige, unvollständige Abdrücke von Buchstaben zeigte.

»Holen Sie mir einen Spiegel, mein Lieber!«

»Einen großen?«

»Egal! Irgendeinen Spiegel, den ich auf den Tisch stellen kann.«

Als der Inspektor wiederkam, traf er Maigret auf dem Balkon stehend an, die Daumen in die Ärmelausschnitte der Weste geschoben, seine Pfeife mit offensichtlicher Genugtuung rauchend.

»Ist der recht?«

Die Balkontür wurde wieder geschlossen. Maigret stellte den Spiegel auf den Tisch, und davor stellte er mit Hilfe von zwei Leuchtern, die er vom Kamin nahm, das Löschblatt auf.

Die Schrift, die im Spiegel wiedergegeben wurde, war keineswegs einfach zu lesen. Ganze Buchstaben und Wörter fehlten. Andere, die allzu entstellt waren, mussten erraten werden.

»Jetzt habe ich begriffen!«, sagte Leroy verschmitzt.

»Gut! Dann gehen Sie zum Wirt und bitten ihn um ein Buchführungsheft von Emma oder um irgendetwas anderes, was sie geschrieben hat.«

Maigret begann, die Wörter mit Bleistift auf ein Blatt Papier zu schreiben:

»... Dich sehen ... Uhr ... unbewohnten ... unbedingt ...«

Als der Inspektor wiederkam, füllte der Kommissar annähernd die Lücken und rekonstruierte das Schreiben folgendermaßen:

Ich muss Dich sehen. Komm morgen um elf Uhr zu dem unbewohnten Haus, das am Platz steht, etwas weiter als das Hotel. Du musst unbedingt kommen. Du brauchst bloß zu klopfen, und ich mache Dir die Tür auf.

»Hier ist ein Heft von der Wäscherei, über die Emma Buch führte!«, verkündete Leroy.

»Ich brauche es nicht mehr. Der Brief ist unterschrieben. Sehen Sie, hier ... ›mma‹. Also: Emma. Und der Brief wurde in diesem Zimmer geschrieben!«

»In dem sich das Serviermädchen mit dem Doktor traf?«, sagte der Inspektor fassungslos.

Maigret verstand seine Abneigung dagegen, diese Vermutung gelten zu lassen, erst recht nach der Szene, die sie nachts zuvor, auf dem Sims hockend, beobachtet hatten.

»In diesem Falle wäre sie es dann, die ...?«

»Sachte! Sachte, mein Junge! Keine übereilten Schlüsse! Und vor allem keine Rückschlüsse ... Um welche Uhrzeit kommt der Zug an, der uns Jean Goyard herbringt?«

»Um elf Uhr zweiunddreißig.«

»Sie machen nun Folgendes, mein Lieber! Zunächst werden Sie den beiden Kollegen, die ihn begleiten, ausrichten, dass sie mir den Guten zur Gendarmerie bringen sollen. Er wird also gegen Mittag dort eintreffen. Dann werden Sie den Bürgermeister anrufen und ihm sagen, dass ich mich freuen würde, ihn zur selben Zeit am selben Ort anzutreffen... Warten Sie! Die gleiche Nachricht an Madame Michoux, die Sie telefonisch in ihrer Villa erreichen werden. Und schließlich ist es wahrscheinlich, dass man Emma und ihren Geliebten noch herbringt. An denselben Ort zur selben Zeit!... Habe ich auch niemanden vergessen?... Gut! Einen Rat! Emma soll nicht in meiner Abwesenheit vernommen werden. Verhindern Sie sogar, dass Sie redet.«

»Was ist mit dem Zöllner?«

»Den brauche ich nicht.«

»Monsieur Mostaguen...«

»Hm!... Nein!... Das ist alles.«

Im Café bestellte Maigret einen Branntwein aus der Region, den er mit sichtlichem Wohlgefallen kostete, wobei er zu den Journalisten die Bemerkung machte:

»Es geht zu Ende, Messieurs! Heute Abend können Sie wieder nach Paris fahren.«

Der Spaziergang durch die verwinkelten Straßen der Altstadt ließ seine gute Laune steigen. Und als er vor dem Portal der Gendarmerie eintraf, über dem die leuchtende französische Flagge hing, stellte er fest, dass durch den Zauber des Sonnenlichts, der drei Farben und der lichtüberfluteten Mauer die Atmosphäre von einer Heiterkeit durchdrungen war wie am Nationalfeiertag.

Ein alter Gendarm, der auf der anderen Seite des Toreingangs auf einem Stuhl saß, las eine Illustrierte. Der Hof mit all seinen kleinen Pflastersteinen, die durch grüne Moosstreifen voneinander getrennt waren, strahlte die Ruhe eines Klosterhofes aus.

»Wo ist der Inspektor?«

»Sie sind alle unterwegs, der Inspektor, der Wachtmeister und fast das ganze Personal, auf der Suche nach dem Vagabunden, wissen Sie...«

»Der Doktor hat sich nicht vom Fleck gerührt?«

Der Mann lächelte und warf dabei einen Blick zum vergitterten Fenster des Gefängnisses auf der rechten Seite.

»Keine Gefahr!«

»Öffnen Sie mir die Tür, ja?«

Und sobald die Riegel zurückgezogen waren, rief er in fröhlichem, freundschaftlichem Ton aus:

»Guten Tag, Doktor! Haben Sie wenigstens gut geschlafen?«

Aber er gewahrte bloß ein fahles Gesicht, so schmal wie eine Messerklinge, das auf einem Feldbett unter einer grauen Decke hervorlugte. Die Augen waren fiebrig und lagen tief in ihren Höhlen.

»Nanu? Geht es Ihnen nicht gut?«

»Sehr schlecht«, brachte Michoux hervor, wobei er sich mit einem Seufzer auf seiner Pritsche aufrichtete. »Meine Niere...«

»Man gibt Ihnen doch hoffentlich alles, was Sie brauchen?«

»Ja... Sie sind sehr liebenswürdig...«

Er hatte sich vollständig bekleidet hingelegt. Er zog die

Beine unter der Decke hervor, setzte sich hin, fuhr sich mit der Hand über die Stirn. Und Maigret setzte sich im selben Augenblick rittlings auf einen Stuhl, stützte sich mit den Ellbogen auf die Lehne, strotzend vor Gesundheit und Schwung.

»Na, was ist! Ich sehe, dass Sie Burgunder bestellt haben!«

»Meine Mutter hat ihn mir gestern mitgebracht... Ich hätte zu gerne diesen Besuch verhindert... Sie musste in Paris Wind davon bekommen haben... Sie ist zurückgekommen.«

Die Ringe unter den Augen hatten sich weit in seine unrasierten Wangen hineingefressen, die eingefallener wirkten. Und die fehlende Krawatte sowie der zerknitterte Anzug steigerten das Bild des Jammers, das der Mann bot.

Er hielt mit dem Reden inne, um zu husten. Er spuckte sogar demonstrativ in sein Taschentuch, das er betrachtete wie jemand, der sich vor der Tuberkulose fürchtet und sich voll Angst beobachtet.

»Haben Sie Neuigkeiten?«, fragte er müde.

»Die Gendarmen haben Ihnen wohl von dem Zwischenfall der vergangenen Nacht erzählt?«

»Nein... Was ist?... Wer wurde...?«

Er hatte sich an die Wand gedrückt, so als fürchte er, angegriffen zu werden.

»Bah! Ein Fußgänger hat eine Kugel ins Bein bekommen.«

»Und hat man ihn, den... den Mörder? Ich kann nicht mehr, Kommissar! Sie müssen zugeben, dass es zum Verrücktwerden ist. Wieder ein Gast aus dem Café des Hôtel de l'Amiral, stimmt's? … Auf uns hat man es abgesehen! Und ich grüble vergebens darüber nach, weswegen. Ja, weswegen? … Mostaguen! Le Pommeret! Goyard! Und das Gift, das für uns alle bestimmt war. Sie werden sehen, sie kriegen mich schließlich trotz allem, sogar hier! Aber weswegen, sagen Sie es mir?«

Er war nicht mehr fahl. Er war leichenblass. Und sein Anblick schmerzte, so sehr verkörperte er die Vorstellung von Panik, wie sie bemitleidenswerter, entsetzlicher nicht sein kann.

»Ich wage nicht zu schlafen … Dieses Fenster da, sehen Sie! Es ist vergittert … Aber man kann hindurchschießen … nachts! So ein Gendarm, der kann einschlafen oder mit seinen Gedanken woanders sein. Für so ein Leben bin ich nicht geschaffen, nein! Gestern habe ich die ganze Flasche da getrunken, in der Hoffnung einzuschlafen. Und ich habe kein Auge zugetan! Mir war übel! Wenn man diesen Vagabunden doch nur schon zur Strecke gebracht hätte, mit seinem gelben Hund … Ist er wieder gesehen worden, der Hund? Streunt er noch immer um das Café herum? Ich begreife nicht, dass man ihm noch keine Kugel verpasst hat, ihm und seinem Herrn!«

»Sein Herr hat Concarneau letzte Nacht verlassen.«

»Ach!«

Der Doktor schien Mühe zu haben, das zu glauben.

»Unmittelbar nach … nach seinem neuen Verbrechen?«

»Davor!«

»Ja, wie? Das ist doch nicht möglich! Es ist anzunehmen, dass …«

»Genau! Das habe ich schon dem Bürgermeister letzte

Nacht gesagt. Ein komischer Kauz, unter uns gesagt, dieser Bürgermeister. Was meinen Sie denn?«

»Ich?… Ich weiß nicht… Ich…«

»Nun, er hat Ihnen das parzellierte Gelände verkauft. Sie stehen mit ihm in Beziehung. Sie sind sozusagen miteinander befreundet.«

»Wir unterhielten vornehmlich geschäftliche und gutnachbarschaftliche Beziehungen… Auf dem Land…«

Maigret fiel auf, dass die Stimme wieder fester wurde, dass der Blick des Arztes nicht mehr so unsicher war.

»Was haben Sie ihm gesagt?«

Maigret zog sein Notizbuch aus der Tasche.

»Ich habe ihm gesagt, dass die Serie der Verbrechen oder, wenn Sie dies vorziehen, der Mordversuche von keiner der uns zurzeit bekannten Personen verübt worden sein kann. Ich möchte die Fälle nicht einen nach dem andern durchgehen. Ich fasse zusammen. Ich rede objektiv, als Mann vom Fach, ja? Nun, es ist sicher, dass Sie selber letzte Nacht nicht auf den Zöllner haben schießen können, was ausreichen könnte, um Sie aus dem Spiel zu lassen. Auch Le Pommeret hat nicht schießen können, denn er wird morgen früh beerdigt. Erst recht nicht Goyard, den man gerade in Paris wiedergefunden hat! Und sie konnten sich auch alle beide am vergangenen Freitagabend nicht hinter dem Briefkasten des unbewohnten Hauses befunden haben. Auch Emma nicht.«

»Aber der Vagabund mit dem gelben Hund?«

»Ich habe darüber nachgedacht! Weder hat er Le Pommeret vergiftet, noch war er letzte Nacht in der Nähe des Schauplatzes, als sich das Verbrechen gerade ereignet hat…

Deswegen habe ich dem Bürgermeister von einer unbekannten Person erzählt, einem rätselhaften X, der alle diese Verbrechen verübt haben könnte. Es sei denn …«

»Es sei denn?«

»Es sei denn, es handelt sich gar nicht um eine Serie! Stellen Sie sich statt einer Art einseitigem Angriff einen regelrechten Kampf zwischen zwei Gruppen oder zwei Individuen vor.«

»Aber Kommissar, was soll dann aus mir werden? Wenn unbekannte Gegner umherschleichen, dann bin ich …«

Und sein Gesichtsausdruck wurde wieder unsicher. Er fasste sich mit beiden Händen an den Kopf.

»Wenn ich daran denke, dass ich krank bin, dass die Ärzte mir strengste Ruhe empfehlen! … Ach! Eine Kugel oder Gift wird gar nicht nötig sein, um mich zu kriegen. Sie werden noch sehen, dass meine Niere schon das Nötige tun wird.«

»Was halten Sie vom Bürgermeister?«

»Ich weiß nicht! Ich weiß nichts! Er entstammt einer sehr reichen Familie. Als junger Mann hat er in Paris ein aufwendiges Leben geführt. Er hat seinen eigenen Reitstall gehabt. Dann ist er solide geworden. Einen Teil seines Vermögens hat er gerettet und ist hergekommen, um sich hier niederzulassen, im Hause seines Großvaters, der auch Bürgermeister von Concarneau war. Er hat mir das Gelände verkauft, mit dem er nichts anfangen konnte. Ich glaube, er würde gerne zum Departementsrat ernannt werden, um in den Senat zu kommen …«

Der Arzt war aufgestanden, und man hätte schwören mögen, dass er innerhalb weniger Tage zehn Kilo abgenommen hatte. Und wenn er vor lauter Aufregung in Tränen ausgebrochen wäre, so hätte man sich darüber nicht gewundert.

»Was wollen Sie daraus entnehmen?… Und dieser Goyard, der sich in Paris befindet, wenn man glauben soll, was… Was soll er denn dort wohl machen? Und weswegen?«

»Wir werden es bald erfahren, denn er kommt nach Concarneau. Er ist sogar schon hier eingetroffen.«

»Ist er verhaftet worden?«

»Er ist gebeten worden, zwei Herren bis hierher zu folgen. Das ist nicht dasselbe.«

»Was hat er gesagt?«

»Nichts! Man hat ihn nämlich nichts gefragt!«

Da sah der Arzt dem Kommissar auf einmal ins Gesicht. Schlagartig schoss ihm das Blut in die Wangen.

»Was soll das heißen? Ich habe den Eindruck, dass irgendjemand den Verstand verliert! Sie kommen und erzählen mir vom Bürgermeister, von Goyard… Und ich ahne, verstehen Sie, ich ahne, dass ich von einem Augenblick zum anderen umgebracht werde… Trotz diesen Gittern, die nichts verhindern werden! Trotz dieses dicken Dummkopfs von Gendarm, der auf dem Hof Wache hält! Aber ich will nicht sterben! Ich will nicht! Man soll mir doch nur einen Revolver geben, damit ich mich verteidigen kann! Oder man soll die einsperren, die mir nach dem Leben trachten, die Le Pommeret umgebracht haben, die die Flasche vergiftet haben…«

Er bebte von Kopf bis Fuß.

»Ich bin kein Held, nein! Es ist nicht meine Sache, dem

Tod zu trotzen! Ich bin ein Mensch! Ich bin krank! Und ich bin genug damit geschlagen, gegen die Krankheit zu kämpfen, um zu leben. Sie reden und reden! Aber was tun Sie?«

Wütend stieß er mit der Stirn gegen die Mauer.

»All das sieht aus wie eine Verschwörung… Man will mich zumindest um den Verstand bringen… Ja! Man will mich ins Irrenhaus bringen! Wer weiß? Ob meine Mutter es etwa satthat? Weil ich stets eifersüchtig den Teil vom Erbe meines Vaters, der mir zusteht, für mich behalten habe! Aber ich werde mich nicht unterkriegen lassen.«

Maigret hatte sich nicht gerührt. Er saß noch immer in der Mitte der weißen Zelle, deren eine Wand vom Sonnenlicht überflutet war, die Ellbogen auf die Lehne seines Stuhls gestützt, die Pfeife zwischen den Zähnen.

Der Arzt ging auf und ab, Opfer einer Aufregung, die an Raserei grenzte.

Da hörte man auf einmal im Raum eine fröhliche, kaum ironische Stimme, die nach Kinderart rief: »Kuckuck!«

Ernest Michoux fuhr zusammen, schaute in alle vier Ecken der Zelle, bevor er Maigret ansah. Dann bemerkte er die Miene des Kommissars, der seine Pfeife aus dem Mund genommen hatte und ihm schmunzelnd einen Blick zuwarf.

Es wirkte wie ein Knopfdruck. Michoux erstarrte, völlig ermattet, völlig erschlafft, und sah aus, als schmelze er zu einer unwirklichen Silhouette der Haltlosigkeit zusammen.

»Haben Sie…«

Man hätte meinen können, die Stimme komme von woanders her, wie bei einem Bauchredner, der die Worte aus der Zimmerdecke oder aus einer Porzellanvase hervorlockt.

Maigrets Augen lachten noch immer, als er aufstand, und mit aufmunterndem Ernst, der zu seinem Gesichtsausdruck im Widerspruch stand, sagte er:

»Nehmen Sie sich zusammen, Doktor! Ich höre Schritte im Hof! In wenigen Augenblicken befindet sich der Mörder gewiss in diesen vier Wänden …«

Es war der Bürgermeister, der als Erster vom Gendarmen hereingeführt wurde. Aber es waren noch weitere Schritte im Hof zu hören.

10

›La Belle-Emma‹

»Sie haben mich gebeten herzukommen, Kommissar?«

Maigret hatte nicht einmal die Zeit gehabt zu antworten, als man auch schon zwei Inspektoren den Hof betreten sah, die Jean Goyard flankierten, während man auf der Straße zu beiden Seiten des Toreingangs eine aufgeregte Menge ahnte.

Zwischen seinen Bewachern wirkte der Journalist kleiner, rundlicher. Er hatte die Krempe seines Schlapphuts über die Augen heruntergezogen und hielt sich, bestimmt aus Angst vor den Fotografen, ein Taschentuch vor die untere Gesichtshälfte.

»Hierher!«, sagte Maigret zu den Inspektoren. »Sie könnten uns vielleicht Stühle holen, denn ich höre die Stimme einer Frau…«

Eine schrille Stimme, die sagte:

»Wo ist er? Ich will ihn sofort sehen! Und ich lasse Sie degradieren, Inspektor. Verstehen Sie? Ich lasse Sie degradieren!«

Es war Madame Michoux, in malvenfarbenem Kleid, mit ihrem ganzen Geschmeide, Puder und Rouge, die vor lauter Empörung nach Luft schnappte.

»Ah! Sie sind hier, lieber Freund…«, sagte sie affektiert zum Bürgermeister. »Hat man so etwas je gehört? Dieser kleine Herr kommt zu mir, wie ich noch nicht einmal angekleidet bin. Mein Dienstmädchen hat Urlaub. Ich sage ihm durch die Tür, dass ich ihn nicht empfangen könne, und er besteht darauf, er insistiert, er wartet, während ich bei meiner Toilette bin, und er behauptet, er habe den Befehl, mich hierherzubringen. Das ist doch einfach die Höhe! Wenn ich daran denke, dass mein Mann Abgeordneter war, dass er beinahe Ratspräsident geworden wäre und dass dieser … dieser Taugenichts … ja, Taugenichts!«

Sie war zu sehr empört, um sich die Situation klarzumachen. Aber auf einmal bemerkte sie Goyard, der den Kopf abwandte, ihren Sohn, der auf dem Rand der Pritsche saß, den Kopf zwischen den Händen. Ein Wagen fuhr auf den sonnigen Hof ein. Gendarmenuniformen schillerten. Und nun fing die Menge zu lärmen an.

Die Toreinfahrt musste geschlossen werden, um zu verhindern, dass die Schaulustigen gewaltsam in den Hof eindrangen. Denn der Erste, den man buchstäblich aus dem Wagen zerrte, war niemand anders als der Vagabund. Er hatte nicht bloß Handschellen an, sondern man hatte ihm auch noch die Fußgelenke mit Hilfe einer kräftigen Schnur gefesselt, so dass er wie ein Paket transportiert werden musste.

Hinter ihm stieg Emma, die sich ungehindert bewegen konnte, verstört wie in einem Traum aus.

»Binden Sie ihm die Füße los!«

Die Gendarmen waren stolz auf ihren Fang und noch ganz aufgeregt. Nach den unordentlichen Uniformen und vor allem nach dem Gesicht des Festgenommenen zu urteilen, das völlig mit Blut verschmiert war, welches noch immer aus seiner aufgesprungenen Lippe quoll, musste es nicht einfach gewesen sein.

Madame Michoux stieß einen Schrei des Entsetzens aus, wich an die Wand zurück, wie beim Anblick von etwas Ekelerregendem, während der Mann sich ohne ein Wort losbinden ließ, den Kopf hob und langsam in die Runde schaute.

»Ruhig bleiben, ja, Léon!«, murmelte Maigret.

Der andere erbebte, versuchte herauszufinden, wer gesprochen hatte.

»Bringt ihm einen Stuhl und ein Taschentuch.«

Er bemerkte, dass Goyard sich in den Hintergund der Zelle verzogen hatte, hinter Madame Michoux, und dass der Doktor schlotterte und niemanden ansah. Der Inspektor der Gendarmerie, den diese ungewöhnliche Versammlung verlegen machte, fragte sich, welche Rolle er zu spielen hatte.

»Schließt die Tür! Nehmen Sie bitte alle Platz ... Ist Ihr Wachtmeister in der Lage, uns als Schriftführer zu dienen, Inspektor? ... Sehr gut! Er soll sich an diesen Tisch setzen. Ich bitte auch Sie, sich zu setzen, Herr Bürgermeister.«

Die Menge draußen war nun ruhig, und dennoch spürte man, dass sie da war, erriet man ein kompaktes Leben auf der Straße, ein gespanntes Warten.

Maigret stopfte seine Pfeife, ging dabei auf und ab und wandte sich an Inspektor Leroy.

»Sie müssten noch beim Seemannsamt in Quimper anrufen, um nachzufragen, was vor vier oder fünf Jahren, vielleicht auch sechs, mit einem Boot namens ›La Belle-Emma‹ geschehen ist.«

Da der Inspektor sich zur Tür wandte, räusperte sich der Bürgermeister, gab zu verstehen, dass er etwas sagen wollte.

»Ich kann es Ihnen sagen, Kommissar… Das ist eine Geschichte, die hierzulande jeder kennt…«

»Reden Sie.«

Der Vagabund wurde in seiner Ecke unruhig wie ein bissiger Hund. Emma ließ ihn nicht aus den Augen und saß auf der Stuhlkante. Durch einen Zufall war sie neben Madame Michoux geraten, deren Parfum die ganze Atmosphäre einzuhüllen begann, ein süßlicher Geruch nach Veilchen.

»Ich habe das Boot nie gesehen«, sagte der Bürgermeister ungezwungen, vielleicht aber ein ganz klein wenig affektiert. »Es gehörte einem gewissen Le Glen oder Le Glérec, der als ausgezeichneter Matrose galt, aber als Hitzkopf… Wie alle Küstenfahrer hierzulande transportierte die ›Belle-Emma‹ vor allem Frühobst und Frühgemüse nach England. Eines schönen Tages war von einer längeren Fahrt die Rede. Zwei Monate lang hat man nichts mehr gehört. Bis man dann erfahren hat, dass die ›Belle-Emma‹ beim Einlaufen in einen kleinen Hafen unweit von New York überprüft worden, die Besatzung ins Gefängnis gebracht und die Ladung Kokain beschlagnahmt worden war. Selbstverständlich auch das Boot. Dies war zu der Zeit, als sich die meisten Handelsschiffe, besonders jene, die Salz nach Neufundland brachten, auf Schmuggel mit Alkohol einließen.«

»Ich danke Ihnen. Bleiben Sie, wo Sie sind, Léon. Antworten Sie mir von Ihrem Platz aus. Und antworten Sie mir vor allem genau auf meine Fragen, und *sonst nichts!* Verstehen Sie? Zunächst, wo hat man Sie vorhin verhaftet?«

Der Vagabund wischte sich sein blutverschmiertes Kinn ab und sagte mit heiserer Stimme:

»In Rosporden… in einem Eisenbahnlager, wo wir die Nacht abwarteten, um uns unbemerkt in irgendeinen Zug zu schleichen.«

»Wie viel Geld hatten Sie in der Tasche?«

Es war der Inspektor, der antwortete:

»Elf Franc und Kleingeld.«

Maigret sah Emma an, der die Tränen die Wangen hinunterrollten, dann den Klotz von einem Menschen, der in sich gekehrt war. Er spürte, dass der Arzt trotz seiner Reglosigkeit von einer starken Erregung ergriffen war, und er gab einem der Polizisten zu verstehen, sich neben ihn zu setzen, um allen Möglichkeiten vorzubeugen.

Der Wachtmeister schrieb. Mit metallischem Geräusch kratzte die Feder über das Papier.

»Erzählen Sie uns genau, unter welchen Umständen die Verschiffung des Kokains vor sich gegangen ist, Le Glérec.«

Der Mann sah auf. Sein Blick, der auf den Arzt gerichtet war, verhärtete sich. Und die großen Fäuste geballt, murmelte er grimmig:

»Die Bank hatte mir Geld geliehen, damit ich mir ein Boot bauen lassen konnte.«

»Ich weiß! Und dann?«

»Es kam ein schlechtes Jahr… Der Franc stieg wieder… England kaufte weniger Obst… Ich fragte mich, wie ich die Zinsen bezahlen sollte. Ich wollte abwarten, bis ich das meiste zurückgezahlt hätte, um dann Emma zu heiraten. Da kam ein Journalist zu mir, den ich kannte, weil er öfters im Hafen herumschnüffelte.«

Zur allgemeinen Verblüffung nahm Ernest Michoux die Hände vom Gesicht, das bleich, jedoch unendlich viel ruhiger war, als man erwartet hätte. Und er zog ein Heft und einen Bleistift aus seiner Tasche, notierte ein paar Worte.

»War es Jean Servières, der Ihnen eine Kokainladung angeboten hat?«

»Nicht sofort! Von einem Geschäft hat er mir erzählt. Er hat sich mit mir in einem Café in Brest verabredet, wo er sich mit zwei anderen befand.«

»Doktor Michoux und Monsieur Le Pommeret?«

»Ganz genau!«

Michoux machte sich weitere Notizen, und in seinem Gesicht lag ein Ausdruck von Verachtung. Einmal brachte er es sogar fertig, ein ironisches Lächeln anzudeuten.

»Wer von den dreien hat Ihnen das Geschäft übertragen?«

Der Arzt wartete mit angehobenem Bleistift.

»Niemand von den dreien… Oder vielmehr, sie haben mir bloß von der Stange Geld erzählt, die in ein oder zwei Monaten zu verdienen wäre. Eine Stunde danach ist ein Amerikaner gekommen. Ich habe nie erfahren, wie er hieß. Ich habe ihn bloß zweimal gesehen. Auf jeden Fall ein Mann, der die See kannte, denn er hat mich nach den Merkmalen meines Schiffs gefragt, nach der Zahl der Leute, die ich an Bord haben müsse, und wie lange es dauern würde, einen Hilfsmotor anzubauen. Ich glaubte, es ginge um Alkoholschmuggel. Jeder machte das, sogar Offiziere von

Passagierdampfern. Die Woche darauf kamen Arbeiter und installierten einen Zweitaktmotor auf der ›Belle-Emma‹.«

Er sprach schleppend, mit starrem Blick, und es war beeindruckend, wie seine dicken Finger sich langsam, krampfartig bewegten und viel beredter waren als sein Gesicht.

»Man hat mir eine englische Karte mitgegeben, auf der alle Winde des Atlantiks und die Route der Segelschiffe eingetragen waren, denn ich hatte die Überfahrt noch nie gemacht. Vorsichtshalber habe ich nur zwei Mann mitgenommen, und ich habe niemandem etwas von dem Geschäft erzählt, außer Emma, die in der Nacht des Auslaufens auf der Mole stand. Auch die drei Männer standen da, bei einem Wagen, dessen Scheinwerfer ausgeschaltet waren. Die Verladung hatte am Nachmittag stattgefunden. Und in diesem Moment habe ich Schiss bekommen. Nicht so sehr wegen des Schmuggels! Aber ich bin so gut wie nicht zur Schule gegangen. Solange ich den Kompass und das Lot verwenden kann, geht es. Ich fürchte mich vor niemandem. Aber da draußen auf hoher See … Ein alter Kapitän hatte versucht, mir beizubringen, wie man mit dem Sextanten umgeht, um den Standort zu ermitteln. Ich hatte mir eine Logarithmentafel gekauft und alles, was dazugehört. Aber ich war sicher, dass ich mich in den Berechnungen verheddern würde. Wenn ich aber Erfolg hätte, dann wäre das Schiff bezahlt, und es würden mir noch runde zwanzigtausend Franc in der Tasche bleiben … Es war fürchterlich windig in jener Nacht. Der Wagen und die drei Männer gerieten außer Sicht. Dann auch Emma, deren Silhouette sich schwarz vom Ende der Mole abhob. Zwei Monate auf See …«

Michoux machte noch immer Notizen, vermied aber, den Mann anzusehen, der erzählte.

»Für das Löschen hatte ich Anweisungen. Endlich kamen wir, Gott weiß wie, in dem kleinen Hafen an, der uns angegeben war. Wir hatten noch nicht einmal die Taue an Land geworfen, als uns auch schon drei Polizeiboote mit Maschinengewehren umzingelten und Männer, mit Gewehren bewaffnet, auf die Brücke sprangen, auf uns anlegten, wobei sie uns etwas auf Englisch zuriefen und uns Kolbenstöße versetzten, bis wir die Hände hochhielten.

Wir haben uns keinen Reim drauf machen können, so schnell war es passiert... Ich weiß nicht, wer mein Schiff zum Quai gesteuert hat, noch, wie man uns in einen Polizeiwagen gesteckt hat. Eine Stunde danach war jeder von uns in einem Eisenkäfig eingesperrt, im Gefängnis Sing-Sing.

Wir waren krank davon. Niemand sprach Französisch. Die Häftlinge verspotteten oder beschimpften uns.

Da unten geht so etwas sehr schnell... Am Morgen darauf wurden wir vor eine Art Gericht gestellt, und der Rechtsanwalt, der uns anscheinend verteidigte, hat noch nicht einmal das Wort an uns gerichtet!

Erst danach hat er mir erklärt, dass ich zu zwei Jahren Zwangsarbeit und zu hunderttausend Dollar Geldstrafe verurteilt sei, dass mein Boot beschlagnahmt sei und so. Ich begriff nicht. Hunderttausend Dollar! Ich schwor, dass ich kein Geld besaß. In diesem Fall wurden es ich weiß nicht wie viele Jahre Gefängnis mehr.

Ich bin in Sing-Sing geblieben. Meine Matrosen mussten wohl in ein anderes Gefängnis gebracht worden sein, denn ich habe sie nie wiedergesehen. Man hat mich kahlgeschoren. Man hat mich auf die Straße zum Steineklopfen mitgenommen. Ein Kaplan wollte mir Bibelunterricht geben.

Sie wissen nicht, was es heißt… Es gab reiche Häftlinge, die fast jeden Abend in die Stadt bummeln gingen. Und die anderen waren ihre Knechte!

Was soll's. Erst ein Jahr später ist mir eines Tages der Amerikaner aus Brest wieder begegnet, der einen Häftling besuchen kam. Ich habe ihn wiedererkannt. Ich habe ihn gerufen. Er hat eine Weile gebraucht, um sich zu erinnern, dann ist er in Lachen ausgebrochen und hat mich ins Sprechzimmer führen lassen.

Er war sehr herzlich. Er behandelte mich wie einen alten Kumpel. Er hat mir erzählt, dass er schon immer Spitzel der Prohibition gewesen sei. Er arbeite vor allem im Ausland, in England, Frankreich, Deutschland, von wo aus er der amerikanischen Polizei Informationen über abgehende Transporte zuspiele. Gleichzeitig aber treibe er hin und wieder Schwarzhandel auf eigene Rechnung. So auch bei diesem Geschäft mit Kokain, das Millionen einbringen sollte, denn zehn Tonnen waren davon an Bord, zu ich weiß nicht wie viel Francs das Gramm. Also habe er sich mit Franzosen in Verbindung gesetzt, die das Boot und einen Teil des Kapitals stellen sollten. Das waren meine drei Männer. Und der Gewinn sollte natürlich unter den vieren geteilt werden.

Aber warten Sie! Denn das Schönste kommt ja noch… Am selben Tag, als in Quimper die Verladung stattfand, erhielt der Amerikaner von zu Hause eine Warnung: Ein neuer Mann befasse sich mit der Prohibition. Die Überwachung werde verschärft. Die Käufer in den USA zögerten, und aus diesem Grund laufe die Ware Gefahr, keine Abnehmer zu finden.

Dagegen verspreche ein neuer Erlass jedem, der Schmuggelware hochgehen lasse, eine Prämie, die sich auf ein Drittel des Wertes dieser Ware belaufe.

Und das erzählte man mir in meinem Gefängnis! Ich erfuhr, dass meine drei Männer sogar auf dem Quai mit dem Amerikaner diskutiert hatten, während ich beklommen meine Taue schießenließ und mich fragte, ob wir überhaupt lebend am anderen Ufer des Atlantiks ankämen.

Alles auf eine Karte setzen?... Der Doktor war es, ich weiß, der auf der Denunziation bestanden hat... Zumindest würde auf diese Weise ein Drittel des Kapitals mit Sicherheit zurückgewonnen, ohne Komplikationen zu riskieren...

Außerdem sprach sich der Amerikaner mit einem Kollegen darüber ab, einen Teil des beschlagnahmten Kokains auf die Seite zu schaffen. Unglaubliche Tricks, ich weiß!

Die ›Belle-Emma‹ glitt über das schwarze Wasser des Hafens. Ich sah ein letztes Mal meine Braut, in der Gewissheit, sie ein paar Monate danach zu heiraten...

Und sie wussten, sie, die uns auslaufen sahen, dass man uns bei unserer Ankunft schnappen würde! Sie rechneten sogar damit, dass wir uns wehren würden, dass wir wahrscheinlich im Feuergefecht umkommen würden, wie es damals in amerikanischen Gewässern alle Tage vorkam.

Sie wussten, dass mein Boot beschlagnahmt werden würde, dass es noch nicht einmal ganz bezahlt war, dass ich nichts anderes auf der Welt besaß!

Sie wussten, dass ich von nichts anderem träumte, als zu heiraten… Und sie sahen zu, wie wir ausliefen!

Das war es, was man mir in Sing-Sing gestand, wo ich zu einem Rohling unter anderen Rohlingen geworden war… Man brachte mir Beweise… Mein Gesprächspartner lachte, klatschte sich auf die Schenkel und rief aus:

›Richtige Lumpen, die drei!‹«

Auf einmal herrschte völliges Schweigen. Und in diesem Schweigen hörte man betroffen, wie der Bleistift von Michoux über ein weißes Blatt huschte, das er gerade gewendet hatte.

Maigret warf einen Blick auf die Initialen s. s., die auf die Hand des Hünen tätowiert waren, und begriff: »Sing-Sing«!

»Ich glaube, dass ich noch gut zehn Jahre vor mir hatte. In diesem Land, da weiß man nie. Beim geringsten Verstoß gegen die Vorschriften wird die Strafe verlängert, und gleichzeitig hagelt es Knüppelschläge. Hunderte habe ich eingesteckt. Und die Schläge von meinen Mithäftlingen… Und da hat mein Amerikaner zu meinen Gunsten Schritte in die Wege geleitet. Ich glaube, es ekelte ihn vor der Feigheit jener, die er meine Freunde nannte. Mein einziger Gefährte war ein Hund. Ein Tier, das ich an Bord großgezogen habe, das mich vor dem Ertrinken gerettet hat und das man dort unten trotz der ganzen Disziplin bei mir im Gefängnis hat leben lassen. Denn sie denken nicht so wie wir über solche Dinge. Eine Hölle! Sie mögen dir zwar sonntags Musik vorspielen, aber hinterher wirst du trotzdem verprügelt bis aufs Blut. Zu guter Letzt wusste ich nicht einmal mehr, ob ich noch ein Mann war … Ich habe hundertmal, tausendmal geweint …

Und als man mir eines Morgens die Tür geöffnet und mir einen Kolbenschlag in die Nieren versetzt hat, um mich ins normale Leben zurückzuschicken, da bin ich auf dem Bürgersteig einfach besinnungslos zusammengebrochen … Ich wusste nicht mehr, wie das Leben ist … Ich hatte gar nichts mehr …

Doch! Etwas schon …«

Seine aufgesprungene Lippe blutete. Er vergaß, das Blut abzuwischen. Madame Michoux verbarg ihr Gesicht hinter ihrem Spitzentüchlein, dessen Geruch einem den Magen umdrehte. Und Maigret rauchte in aller Ruhe, ohne den Doktor, der noch immer am Schreiben war, aus den Augen zu lassen.

»Den Willen, all denen, die an diesem Elend schuld waren, das gleiche Schicksal zuzufügen … Nicht, sie umzubringen! Nein! Sterben ist gar nichts. In Sing-Sing habe ich es zwanzigmal versucht, ohne dass es mir gelang. Ich habe mich geweigert zu essen, und ich wurde künstlich ernährt. *Aber ihnen zu zeigen, was Gefängnis bedeutet!* Am liebsten in Amerika. Aber das war unmöglich.

Ich habe mich in Brooklyn herumgetrieben, wo ich alle Jobs durchgemacht und darauf gewartet habe, meine Überfahrt an Bord eines Schiffs bezahlen zu können. Sogar für meinen Hund habe ich bezahlt.

Von Emma habe ich nie etwas gehört. Nach Quimper habe ich keinen Schritt getan, denn man hätte mich trotz meiner abstoßenden Visage erkennen können.

Hier habe ich dann erfahren, dass sie Serviermädchen

und gelegentlich die Mätresse von Michoux sei … Vielleicht auch der Übrigen? … Ein Serviermädchen, nicht wahr?

Es war nicht leicht, diese drei Drecksäcke ins Kittchen zu bringen. Aber ich hatte es drauf angelegt. Ich hatte bloß noch diesen einen Wunsch! Mit meinem Hund habe ich an Bord eines gestrandeten Bootes gehaust, dann in dem ehemaligen Wachlokal auf der ›Pointe du Cabélou‹.

Michoux habe ich mich zuerst gezeigt. Bloß mich gezeigt! Mein gemeines Gesicht, meine grobe Gestalt! Verstehen Sie? Ich wollte ihm Angst einjagen. Ich wollte ihm eine Heidenangst einjagen, die ihn veranlassen würde, auf mich zu schießen! Dabei wäre ich vielleicht draufgegangen. Aber dann? Das Zuchthaus für ihn! Fußtritte! Kolbenschläge! Widerliche Mithäftlinge, stärker als man selbst, die einen zwingen, ihnen zu Diensten zu sein … Ich streifte um seine Villa herum. Ich lief ihm über den Weg. Drei Tage! Vier Tage! Er hatte mich wiedererkannt. Er ging seltener aus. Doch das Leben hier hatte sich während dieser ganzen Zeit nicht verändert. Sie saßen beim Aperitif, alle drei! Die Leute grüßten sie! Was ich zum Essen brauchte, stahl ich mir von den Ständen. Ich wollte, dass es schnell ginge …«

Eine deutliche Stimme wurde laut:

»Pardon, Kommissar! Ist diese Vernehmung ohne das Beisein seines Anwalts rechtlich gültig?«

Das war Michoux! … Michoux, weiß wie eine Wand, mit eingefallenen Zügen, zusammengekniffenen Nasenflügeln und blutleeren Lippen. Aber ein Michoux, der mit fast schon drohender Deutlichkeit sprach!

Ein Blick von Maigret befahl einem Polizisten, sich zwischen den Doktor und den Vagabunden zu setzen. Es war höchste Zeit! Léon Le Glérec erhob sich langsam, von dieser Stimme angezogen, mit geballten Fäusten, schwer wie Keulen.

»Hinsetzen! Setzen Sie sich hin, Léon!«

Und während der Koloss mit heiserem Atem gehorchte, sagte der Kommissar, wobei er die Asche aus seiner Pfeife klopfte:

»Jetzt bin ich an der Reihe mit Reden!«

11

Die Angst

Seine leise Stimme, der schnelle Fluss seiner Rede kontrastierten mit dem leidenschaftlichen Bericht des Matrosen, der ihn von der Seite ansah.

»Zuerst ein Wort über Emma, Messieurs ... Sie erfährt, dass ihr Verlobter verhaftet worden ist. Sie hört nichts mehr von ihm. Eines Tages verliert sie aus einem nichtigen Grund ihre Stelle und wird Serviermädchen im Hôtel de l'Amiral. Sie ist ein armes Ding, ohne irgendwelche Beziehungen. Männer machen ihr den Hof, wie eben reiche Gäste einem Dienstmädchen den Hof machen. Zwei Jahre, drei Jahre verstreichen. Sie weiß nicht, dass Michoux der Schuldige ist. Sie geht eines Abends auf sein Zimmer. Und die Zeit verstreicht weiter, das Leben geht seinen Gang. Michoux hat noch andere Mätressen. Hin und wieder bekommt er Lust, im Hotel zu übernachten. Oder aber er lässt Emma zu sich nach Hause kommen, wenn seine Mutter nicht da ist. Eine fade Liebelei, ohne Liebe. Emmas Leben ist auch fade. Sie ist keine Heldin. In einem Muschelkästchen bewahrt sie einen Brief auf, ein Foto, aber es ist nur noch ein alter Traum, der jeden Tag mehr und mehr verblasst.

Sie weiß nicht, dass Léon gerade wieder zurückgekehrt ist. Den gelben Hund, der um sie herumstreift und der vier

Monate alt war, als das Schiff ausgelaufen ist, hat sie nicht wiedererkannt.

Eines Nachts diktiert ihr Michoux einen Brief, ohne ihr zu sagen, an wen er gerichtet ist. Es geht darum, sich mit jemandem um elf Uhr abends in einem unbewohnten Haus zu verabreden.

Sie schreibt … Ein Serviermädchen! Verstehen Sie? Léon Le Glérec hat sich nicht getäuscht. Michoux hat Angst! Er wähnt sein Leben in Gefahr. Er will den umherstreifenden Gegner aus dem Weg räumen.

Aber er ist ein Feigling! Er selbst hat es mir gegenüber immer wieder betont. Er bindet den Brief mit einer Schnur dem Hund um den Hals, um ihn so seinem Opfer zukommen zu lassen, dem er im Flur des Hauses hinter der Eingangstür auflauern will.

Ob Léon misstrauisch werden wird? Aber ob er nicht trotz allem seine ehemalige Braut wiedersehen will? In dem Augenblick, da er an die Tür klopfen würde, könnte Michoux durch den Briefkasten schießen und über die Gasse davonlaufen. Und das Verbrechen würde umso mehr ein Rätsel bleiben, als niemand das Opfer wiedererkennen würde …

Aber Léon ist misstrauisch. Vielleicht streift er schon über den Platz? Ob er sich dazu entschließt, zu der Verabredung zu kommen? Der Zufall will, dass Monsieur Mostaguen in diesem Moment leicht angetrunken das Café verlässt und am Hauseingang stehen bleibt, um sich eine Zigarre anzuzünden. Er schwankt. Er stößt an die Tür. Das ist das Zeichen. Eine Kugel trifft ihn mitten in den Bauch …

Das ist der erste Fall. Der Anschlag von Michoux ist

gescheitert. Er ist nach Hause gegangen. Goyard und Le Pommeret, die Bescheid wissen und die am Verschwinden desjenigen, der sie alle drei bedroht, das gleiche Interesse haben, sind entsetzt.

Emma hat begriffen, welches Spiel man mit ihr getrieben hat. Ob sie Léon gesehen hat? Ob sie nachgegrübelt und den gelben Hund endlich erkannt hat?

Tags darauf bin ich an Ort und Stelle. Ich sehe die drei Männer. Ich fühle ihr Entsetzen. *Sie sind auf ein Verbrechen gefasst!* Und ich will herausfinden, von welcher Seite sie den Anschlag erwarten. Ich will unbedingt sicher sein, dass ich mich nicht täusche.

Ich selbst vergifte also eine Flasche Aperitif, wie ein Stümper... Ich bin bereit einzugreifen, falls jemand trinken sollte. Aber nein! Michoux ist auf der Hut! Michoux misstraut allem, den vorbeigehenden Leuten, dem, was er isst und trinkt. Er traut sich nicht einmal, das Hotel zu verlassen.«

Emma war in eine solche Starre gefallen, dass man sich ein ergreifenderes Bild der Verblüffung schwer vorstellen konnte. Und Michoux hatte für einen Moment den Kopf gehoben, um Maigret in die Augen zu sehen. Jetzt schrieb er fieberhaft mit.

»Das war das zweite Verbrechen, Herr Bürgermeister! Und unser Trio ist noch immer am Leben, hat noch immer Angst. Goyard ist der Sensibelste von den dreien, bestimmt ist er auch der kleinste Schuft. Die Sache mit dem Giftanschlag hat ihn außer sich gebracht. Er spürt, dass er eines schönen Tages dran glauben wird. Er ahnt, dass ich ihm auf der Spur bin. Und er beschließt, sich aus dem Staub zu machen. Sich aus dem Staub zu machen, ohne eine Spur zu hinterlassen. Er wird ein Verbrechen fingieren, wird vortäuschen, dass er tot sei und dass man seine Leiche ins Wasser des Hafens geworfen habe.

Zuvor treibt ihn die Neugier dazu, bei Michoux herumzustöbern, vielleicht auf der Suche nach Léon, um ihm eine Aussöhnung anzubieten. Dort stößt er auf Spuren, die der Rohling auf seinem Weg hinterlassen hat. Er begreift, dass es nicht lange dauern wird, bis auch ich diese Spuren entdecke.

Schließlich ist er Journalist! Er weiß außerdem, wie leicht beeindruckbar die Massen sind. Er weiß, dass er, solange Léon am Leben ist, nirgends in Sicherheit sein kann. Und er kommt auf etwas wirklich Geniales: auf den Artikel, geschrieben mit der linken Hand, eingesandt an den *Phare de Brest*…

Darin ist von dem gelben Hund, von dem Vagabunden die Rede. Jeder Satz zielt darauf ab, Angst und Schrecken in Concarneau zu verbreiten. Und somit bestehen Aussichten, dass der Mann mit den großen Füßen eine Ladung Blei in den Leib bekommt, wenn ihn die Leute erblicken.

Um ein Haar wäre es geschehen! Zuerst hat man auf den Hund geschossen. Genauso hätte man auf den Mann geschossen! Eine aufgebrachte Bevölkerung ist zu allem fähig.

Am Sonntag beherrscht nämlich tatsächlich der Schrecken die Stadt. Michoux verlässt das Hotel nicht. Er ist krank vor Angst. Aber er bleibt fest entschlossen, sich bis zum Schluss zur Wehr zu setzen, *mit allen Mitteln.*

Ich lasse ihn mit Le Pommeret allein. Ich weiß nicht, was dann zwischen ihnen vorfällt. Goyard hat sich aus dem

Staub gemacht. Le Pommeret selbst, der einer ehrbaren einheimischen Familie angehört, muss wohl versucht sein, die Polizei einzuschalten – eher alles auffliegen lassen als weiterhin diesen Alptraum durchmachen. Was riskiert er schon? Eine Geldstrafe! Ein bisschen Gefängnis! Höchstens! Das Hauptverbrechen ist in Amerika verübt worden.

Und Michoux, der ihn schwach werden fühlt, der den Mordanschlag auf Mostaguen auf dem Gewissen hat, der aus eigener Kraft da herauswill, koste es, was es wolle, zögert nicht, ihn zu vergiften.

Emma ist da. Wird der Verdacht nicht auf sie fallen?

Ich möchte Ihnen noch mehr von der Angst erzählen, weil sie es nämlich ist, die dem ganzen Verbrechen zugrunde liegt. Michoux hat Angst. Noch mehr als seinen Gegner will Michoux seine Angst überwinden.

Er kennt Léon Le Glérec. Er weiß, dass dieser sich nicht widerstandslos festnehmen lassen wird. Und er rechnet mit einer Kugel, abgefeuert von den Gendarmen oder von einem aufgeschreckten Bürger, um ihm den Garaus zu machen.

Er rührt sich nicht vom Fleck. Ich bringe den verletzten Hund her, der im Sterben liegt. Ich will wissen, ob der Vagabund ihn holen kommen wird, und er kommt.

Seitdem ist das Tier nicht mehr gesehen worden, was mir beweist, dass es tot ist.«

Ein Laut drang aus Léons Kehle.

»Ja …«

»Haben Sie ihn begraben?«

»Auf der ›Pointe du Cabélou‹. Ein kleines Kreuz steht da, aus zwei Fichtenästen …«

»Die Polizei findet Léon Le Glérec. Er entflieht, denn er hat nur eines im Sinn, Michoux zu veranlassen, ihn anzugreifen. Er hat es gesagt: *Ich will ihn im Gefängnis sitzen sehen.* Meine Pflicht ist es, ein weiteres Verbrechen zu verhindern, und deshalb verhafte ich Michoux, wobei ich ihm versichere, dass es geschieht, um ihn in Sicherheit zu bringen. Es ist keine Lüge. Aber gleichzeitig hindere ich Michoux daran, weitere Verbrechen zu verüben. Er ist am Ende. Er ist zu allem fähig. Er sieht sich von allen Seiten verfolgt.

Trotzdem ist er noch in der Lage, Komödie zu spielen, mir von seiner Konstitutionsschwäche zu erzählen, seine Heidenangst mit Aberglauben und einer alten Wahrsagung zu begründen, die erstunken und erlogen ist.

Er muss erreichen, dass die Bevölkerung beschließt, seinen Gegner zur Strecke zu bringen.

Er weiß, dass man ihn logischerweise verdächtigen kann, an allem schuld zu sein, was bisher geschehen ist. Allein, in dieser Zelle, grübelt er nach.

Ob es etwa kein Mittel gibt, den Verdacht endgültig abzulenken? Wenn ein weiteres Verbrechen geschehen würde, jetzt, wo er hinter Schloss und Riegel sitzt, hätte er da nicht das stichhaltigste Alibi, das man sich vorstellen kann?

Seine Mutter kommt ihn besuchen. Sie weiß alles. Sie darf weder verdächtigt noch von Verfolgern eingeholt werden. Sie muss ihn retten!

Sie isst beim Bürgermeister zu Abend. Sie lässt sich zu ihrer Villa zurückfahren, wo sie das Licht den ganzen Abend brennen lässt. Sie geht zu Fuß zur Stadt zurück. Ob alles schläft? Nur im Café noch nicht! Es genügt, darauf zu warten, dass jemand herauskommt, ihm an einer Straßenecke aufzulauern…

Und um diese Person am Laufen zu hindern, zielt sie auf die Beine. Dieses Verbrechen in seiner ganzen Sinnlosigkeit wäre die schwerste Belastung von Michoux, hätten wir nicht schon weitere. Am Morgen, als ich hierherkomme, hat er Fieber. Er weiß nicht, dass Goyard in Paris verhaftet worden ist. Vor allem weiß er nicht, dass ich zu dem Zeitpunkt, als der Schuss auf den Zöllner abgegeben worden ist, den Vagabunden vor meinen Augen hatte.

Denn Léon, verfolgt von der Polizei und der Gendarmerie, ist in der Häuserzeile geblieben. Er will es schnell zu Ende bringen. Er will Michoux nicht aus den Augen lassen.

Er übernachtet in einem Zimmer des leerstehenden Hauses. Von ihrem Zimmer aus bemerkt ihn Emma. Und da sucht sie ihn auf. Sie beteuert flehentlich ihre Unschuld! Sie wirft sich ihm zu Füßen, hängt sich an ihn.

Zum ersten Mal steht sie wieder vor ihm, vernimmt er wieder ihre Stimme… Sie hat einem anderen gehört, anderen…

Aber was hat er nicht alles durchgemacht? Sein Herz wird weich. Er packt sie mit brutaler Hand, so als wolle er sie zermalmen, aber es sind ihre Lippen, die er unter den seinen zerdrückt.

Er ist nicht mehr der Mann für sich, der Mann mit einem Ziel, einer Idee. Unter Tränen spricht sie von einem möglichen Glück mit ihm, von einem neuen Leben.

Und sie brechen miteinander auf, ohne einen Heller, mitten in der Nacht. Ganz gleich, wohin! Sie überlassen Michoux seinem Schrecken.

Irgendwo wollen sie versuchen, glücklich zu werden.«

Maigret stopfte gemächlich seine Pfeife und betrachtete die anwesenden Personen eine nach der anderen.

»Sie werden entschuldigen, Herr Bürgermeister, dass ich Sie bei meinen Ermittlungen nicht auf dem Laufenden gehalten habe. Aber als ich hier eintraf, wurde mir klar, dass das Drama erst am Anfang stand. Um seine Fäden zu entwirren, musste man ihm erst ermöglichen, sich zu entwickeln, und man musste dabei Schäden möglichst zu vermeiden suchen. Le Pommeret ist tot, ermordet von seinem Komplizen. Aber so wie ich ihn erlebt habe, bin ich überzeugt, dass er sich am Tag seiner Verhaftung selbst umgebracht hätte. Ein Zöllner hat eine Kugel ins Bein erhalten. In einer Woche ist nichts mehr davon zu merken. Dafür kann ich nun einen Haftbefehl auf Doktor Ernest Michoux ausstellen wegen versuchten Mordes und Körperverletzung an Monsieur Mostaguen sowie wegen vorsätzlicher Vergiftung seines Freundes Le Pommeret. Dazu einen weiteren Haftbefehl auf Madame Michoux wegen nächtlichen Überfalls. Was Jean Goyard, genannt Servières, angeht, so glaube ich, dass er höchstens wegen Irreführung der Behörden belangt werden kann, weil er diese Komödie gespielt hat.«

Da ereignete sich ein komischer Zwischenfall. Ein Seufzer! Ein glücklich beschwingter Seufzer aus dem Munde des rundlichen Journalisten. Und dreist stammelte er:

»Ich nehme an, dass ich in diesem Falle gegen Kaution auf freien Fuß gesetzt werden kann? Ich bin bereit, fünfzigtausend Franc zu zahlen.«

»Darüber wird das Gericht entscheiden, Monsieur Goyard.«

Madame Michoux war auf ihrem Stuhl zusammengesunken, ihr Sohn aber besaß mehr Energie als sie.

»Haben Sie nichts hinzuzufügen?«, fragte ihn Maigret.

»Pardon! Ich werde im Beisein meines Anwalts antworten. Inzwischen mache ich alle Vorbehalte gegen die Rechtmäßigkeit dieser Konfrontation geltend.«

Und wie ein junger Gockel reckte er seinen dürren Hals, aus welchem ein gelblicher Adamsapfel hervorragte. Seine Nase wirkte schiefer denn je. Das Heft, in das er sich Notizen gemacht hatte, hatte er nicht losgelassen.

»Und die beiden da?«, murmelte der Bürgermeister beim Aufstehen.

»Ich habe nicht das Geringste gegen sie vorzubringen. Léon Le Glérec hat zugegeben, dass er Michoux veranlassen wollte, auf ihn zu schießen. Dazu hat er nichts weiter getan, als sich zu zeigen. Es gibt keinen Paragraphen, der …«

»Höchstens wegen Landstreicherei«, fiel ihm der Inspektor der Gendarmerie ins Wort.

Aber der Kommissar zuckte auf eine Weise mit den Schultern, dass der Inspektor vor Verlegenheit rot wurde.

Obwohl es schon längst Zeit zum Mittagessen war, stand draußen eine große Menschenmenge, und der Bürgermeister hatte eingewilligt, seinen Wagen zur Verfügung zu stellen, dessen Vorhänge nahezu hermetisch schlossen.

Emma stieg als Erste ein, dann Léon Le Glérec und schließlich Maigret, der mit der jungen Frau im Fond Platz nahm, während sich der Seemann linkisch auf einem Klappsitz niederließ.

Schnell fuhr man durch die Menge hindurch. Wenige Minuten später war man auf dem Weg nach Quimper, und Léon, verlegen, mit unsicherem Blick, fragte:

»Warum haben Sie das gesagt?«

»Was?«

»Dass Sie die Flasche vergiftet hätten?«

Emma war leichenblass. Sie traute sich nicht, sich an die Polster zu lehnen, und es war bestimmt das erste Mal in ihrem Leben, dass sie in einer Limousine fuhr.

»So eine Idee!«, murmelte Maigret, wobei er den Stiel seiner Pfeife mit den Zähnen festhielt.

Und da begann das junge Mädchen verzweifelt loszujammern:

»Ich schwöre Ihnen, Kommissar, ich wusste nicht mehr, was ich tat! Michoux hatte mich den Brief schreiben lassen. Zu guter Letzt hatte ich den Hund erkannt. Am Sonntagmorgen habe ich Léon umherstreifen sehen. Da habe ich begriffen. Ich habe versucht, mit Léon zu reden, aber er ist fortgegangen, ohne mich auch nur anzusehen, und hat auf den Boden gespuckt. Ich wollte ihn rächen. Ich wollte… Was weiß ich!… Ich war wie verrückt. Ich wusste, dass sie ihn umbringen wollten. Ich liebte ihn noch immer. Den ganzen Tag habe ich mir alles Mögliche durch den Kopf gehen lassen. Am Mittag bin ich während des Essens zur Villa Michoux gelaufen, um das Gift zu holen. Ich wusste nicht, welches ich aussuchen sollte. Er hatte mir schon einmal die Fläschchen gezeigt und mir gesagt, dass man ganz Concarneau damit umbringen könnte.

Aber ich schwöre Ihnen, Sie hätte ich nicht trinken lassen. Zumindest glaube ich es nicht.«

Sie schluchzte. Léon tätschelte ihr unbeholfen das Knie, um sie zu beruhigen.

»Ich werde es Ihnen nie genug danken können, Kommissar«, rief sie unter Schluchzen aus. »Was Sie getan haben, das ist… das ist… Mir fehlen die Worte… das ist so wunderbar!«

Maigret schaute die beiden an – ihn mit seiner aufgesprungenen Lippe, seinem kurzgeschorenen Haar und seiner Verbrechervisage, die begann, wieder menschliche Züge anzunehmen, sie mit ihrem armseligen Gesicht, das in diesem Aquarium von Café verblasst war.

»Was haben Sie vor?«

»Keine Ahnung… Weg aus dieser Gegend… Vielleicht nach Le Havre? Immerhin habe ich auch im Hafen von New York schon Mittel und Wege gefunden, meinen Lebensunterhalt zu verdienen.«

»Hat man Ihnen Ihre zwölf Franc zurückgegeben?«

Léon wurde rot und antwortete nicht.

»Was kostet der Zug von hier nach Le Havre?«

»Nein! Tun Sie das nicht, Kommissar… Denn dann… wüssten wir nicht… Verstehen Sie?«

Maigret klopfte mit dem Finger gegen die Trennscheibe des Wagens, denn man fuhr gerade an einem kleinen Bahnhof vorbei. Er zog zwei Scheine zu hundert Franc aus seiner Tasche: »Nehmen Sie sie. Ich werde sie auf meine Spesenrechnung setzen.«

Und er schob sie schon fast hinaus und schlug die Tür wieder zu, während sie noch versuchten, sich zu bedanken.

»Nach Concarneau! Aber schnell!«

Ganz allein im Wagen, zuckte er mindestens dreimal mit

den Achseln, wie ein Mann, der sich unbedingt über sich selber lustig machen will.

Der Prozess dauerte ein Jahr. Ein Jahr lang erschien Doktor Michoux bis zu fünfmal wöchentlich beim Untersuchungsrichter, mit einer Saffianaktentasche, vollgestopft mit Unterlagen.

Und jede Vernehmung erbrachte weiteren Stoff für Rechtsverdrehungen.

Jedes Dokument der Akten führte zu Kontroversen, Beweisaufnahmen und Gegenbeweisaufnahmen.

Michoux wurde immer magerer, immer gelber, immer kränklicher, aber die Waffen streckte er nicht.

»Gestatten Sie einem Mann, der höchstens noch drei Monate zu leben hat…«, lautete sein Lieblingssatz. Er verteidigte sich Schritt für Schritt, mit hinterhältigen Tricks, unerwarteten Gegenstößen. Und er hatte einen Anwalt gefunden, der noch galliger war als er selber, mit dem er sich ablöste.

Verurteilt zu zwanzig Jahren Zwangsarbeit durch das Schwurgericht des Departements Finistère, wartete er volle sechs Monate darauf, dass sein Fall in die Revision ginge.

Aber auf einem Foto, das höchstens einen Monat alt war und in allen Zeitungen erschien, konnte man ihn dann sehen, noch immer mager und gelb, mit schiefer Nase, den Sack auf dem Buckel, die Kappe auf dem Kopf, wie er auf der Ile de Ré an Bord der ›Martinière‹ ging, die hundertachtzig Zwangsarbeiter nach Cayenne brachte.

Madame Michoux, die eine dreimonatige Gefängnisstrafe

verbüßt hatte, intrigierte in Paris in politischen Kreisen. Sie strebte die Revision des Prozesses an.

Zwei Zeitungen hatte sie schon auf ihrer Seite.

Léon Le Glérec war auf Heringsfang in der Nordsee an Bord der ›Francette‹, und seine Frau erwartete ein Kind.

La Ferté-Alais, März 1931

Das Diogenes Hörbuch zum Buch

Georges Simenon
Maigret und der gelbe Hund

Ungekürzt gelesen von Friedhelm Ptok

4 CD, Spieldauer 251 Min.

Das Gesamtwerk von Georges Simenon erscheint im Diogenes Verlag

»Simenon ist eine Sucht, der man immer mehr und mit wachsendem Genuss verfällt ... Simenons Geschichten sind alle mit bewundernswerter Logik aufgebaut, aber das Merkwürdige ist, dass man sich nach einem Jahr nicht mehr an die Handlung erinnert. Was zurückbleibt, ist bloß ein Eindruck, ein unverwechselbares, sehnsüchtiges Gefühl, und dieses Gefühl lockt einen, das Buch noch einmal und noch ein zweites Mal wiederzulesen. Man gerät in eine beinahe unbegrenzte Umlaufbahn des Lesens hinein, so dass Simenon dauert, so lange man nur will, einen das ganze Leben lang begleitet, sich mit dem eigenen Leben verbindet.«
Federico Fellini

»Simenon ist ein Schriftsteller, der überall gebraucht wird ... Eigentlich Unterhaltungsautor, ist er schon früh mit Dostojewskij, Balzac und Čechov verglichen worden. In seinen Romanen herrscht eine dichte Atmosphäre, eine Gegenständlichkeit der Darstellung, dass man meint, man könne Simenons Welt riechen und schmecken, auch wenn sie verschwunden ist.«
Judith Kuckart

»Er ist ein Monarch. Sein Königreich sind die unzählbaren Leser überall auf der Welt, die Nacht für Nacht seiner bedürfen: die glücklichen Schlaflosen, die keines seiner Bücher aus der Hand legen können, bevor sie es nicht in einem Zug von Anfang bis Ende ausgelesen haben.« *Henry Miller*

Verlangen Sie unseren ausführlichen Katalog bei Ihrem Buchhändler.

GRANDE BRETAGNE
Brighton
Plymouth
Le Touquet-Paris-Pla
MANCHE
Dieppe
Cherbourg
le Havre
Deauville
Bayeux
St-Lô
Lisieux
Caen
Bernay
Évreux
Dreux
St-Pol-de-Léon
Lannion
Guingamp
Granville
St-Malo
Mt St-Michel
Vire
Argentan
Flers
Domfront
Brest
Morlaix
St-Brieuc
Dinard
Fougères
Alençon
Chartres
Nogent-le-R
Douarnenez
Carhaix
Châteaulin
Loudéac
Rennes
Vitré
Mayenne
Laval
Quimper
Ploërmel
le Mans
Châteaudun
Lorient
Vannes
Redon
Châteaubriant
Vendôme
Quiberon
Angers
Ancenis
Tours
St-Nazaire
Nantes
Saumur
Pornic
Cholet
Loudun
Loches
St-Jean-de-Monts
Châteauroux
La Roche-s.-Yon
Châtellerault
les Sables d'Olonne
Parthenay
Fontenay le-Cte
Poitiers
Le Blanc
OCÉAN
Niort
la Rochelle
la Souterraine
Bellac
St-Jean-d'A.
Saintes
Cognac
Royan
Angoulême
Le Verdon
Barbezieux
Nontron
Périgueux
ATLANTIQUE
Souillac
Bordeaux
Libourne
Bergerac
Arcachon
Marmande
Langon
Cahors
Villeneuve-s.-Lot
Agen
Montauban
Mont-de-Marsan
Condom
Grisolles
Dax
Auch
Aire-s.-l'Adour
Toulouse
Bilbao
Santander
Bayonne
Hendaye
Orthez
Mirande
Pau
Tarbes
Lannemezan
Lourdes
Argelès-G.
St-Girons
Luchon
ESPAGNE